우아한 유령

우아한 유령

장진영 소설집

민음사

차례

입술을 다물고 부르는 노래 7

도청자 39

우아한 유령 71

아란 101

용서 135

허수입력 167

첼로와 칠면조 203

임하는 마음 237

작가의 말　273

작품 해설　276
네게만 이야기해 줄게, 이야기의 비밀을
_이희우(문학평론가)

추천의 글　298
_백온유(소설가)

입술을 다물고 부르는 노래

미조 옆에 앉은 건 이를테면 돈 때문이었다.

입학한 지 딱 10년이 되는 해에 나는 4학년으로 복학했다. 올해 복학하지 않으면 제적으로 처리되며 더는 봐줄 수 없다는 협박 전화를 받은 터였다. 복학 서류를 제출하러 교학처에 갔다가 다음 학기에 휴학이 가능한지 알아보았다. 처음에 교직원은 나를 교수나 강사로 오해했는데, 학생이라는 걸 알게 되자마자 업신여기고 거들먹거리는, 그들로서는 자연스러운 태도로 돌아왔다. 성함이? 직원이 물었고, 나는 이름을 댔다. 그녀가 학번과 이름을 입력하고 모니터를 보며 얼굴을 일그러뜨리는 동안 파티션 너머의 화분을 구경했다. '한 달에 한 번'이라는 이름표가 흙에 꽂혀 있었다. 직원이 의자를 굴려 옆자리로 넘어가더니 직급이 한 단계쯤 높아 보이는 남자에게 뭐라 속삭였다. 도와 달라는 듯 애처로운 표정이었다. 남자가 일어나서 내게 악수를 청했다.

"그때 통화하신 분이죠?"

"그런가 보네요." 나는 손을 맞잡았다.

"방법이 아예 없지는 않고요." 그가 다시 의자에 털썩 주저앉았다. "불치병에 걸리거나 입대를 하시면 가능해요."

나는 알려 주셔서 감사하다고 말한 뒤 클리어 파일에 끼운 서류를 내밀었다. 문을 나서는데 뒤에서 남자가 악의 없는 목소리로 외쳤다. "졸업하시면 플래카드 걸어 드릴게요."

과 사무실은 혼잡했다. 두 대의 전화기가 번갈아 울렸고, 대여섯 무리의 신입생들이 얼마 안 되는 데스크톱을 차지하기 위해 조바심을 내며 대기하는 중이었다. 학기 첫날이었다. 유경이 수화기를 귀에 붙이고 응대하면서 학생 하나에게 자기 자리를 내주고 있었다. 전화선을 팽팽하게 끌어당긴 채 손짓으로는 실패한 수강 신청을 구제하기 위한 지시를 내렸다.

1교시가 시작되자 과 사무실이 텅 비었다. 바닥에 A4 용지가 나뒹굴었다.

"아까 전화한 사람 아줌마였다." 유경이 머리칼을 쓸어 넘기며 말했다. 오랜만이었고, 전에 그다지 친밀한 사이도 아니었는데, 그런 것쯤은 상관없어지는 기분이었다.

"그래?"

"아들이 수업 못 넣어서 울고 있대." 유경이 바닥의 종이를 줍고는 네 귀를 맞추어 정리했다. "수업 몇 교시야?"

"2교시."

우리는 다람쥐 길을 산책했다. 아직 입김이 보이는 날씨였다. 미친 목련을 지나고 흉측한 동상을 지나 중앙도서관 앞 벤치에 앉았다. 지각자들이 정문에서 뛰어오고 있었다. 유경이 텀블러를 내밀었다. 아까부터 홀짝이던 것이었다. 뜨거울 줄 알았는데 차가웠고, 차나 커피일 줄 알았는데 물이었고, 약간 소주 맛이 났다.

"컵 소독했어? 소주 맛 난다."

"소주야."

유경이 대수롭지 않다는 듯 텀블러 뚜껑을 돌려

닫았다. 그러고는 참고할 만한 과 소식을 전했다. 학과장이 성희롱과 직권남용으로 잘렸고, 교수 하나가 다산경제학상을 받은 뒤 안식년에 들어갔고, 학회 임원이 학회비를 차명계좌로 빼돌려 총학 감사에 적발됐는데 이에 한 학생이 공청회 때 주먹다짐을 벌여 입건되었다. 내용에 비해 나른한 말투 탓인지 한 모금 들이켠 소주 탓인지 별로 현실감이 없었다. 휴학한 동안 어떻게 지냈느냐고 유경이 물었을 때 내게 하는 얘기인지 바로 알아차리지 못한 것도 그 때문이었다.

"그냥. 뭐."

그렇게만 말했는데도 유경은 알 만하다는 듯 고개를 끄덕였다. 나는 '밤계'라는 한갓진 마을에서 태어났고, 입학 이전까지만 해도 길에 버려진 음식을 주워 먹으면 안 된다는 걸 모르는 애였다. 스무 살 때부터 10년 동안 일만 했다. 학기 중에는 많은 일을, 휴학 중에는 더 많은 일을. 그게 다였다.

"이따 성미조 옆에 앉아. 네 시간표랑 맞춰 놨어."

성미조가 누군데? 묻자 유경이 자기 귀를 두 번 툭툭 두들겼다. 학습 보조 의무를 이행하면 다음 학기에 장학금이 나올 거라고 했다. 거절하지 않을 것 같아 알아서 신청해 두었다고 했다. 그런 제도가 있었다는 게 어렴풋이 기억났다. 설명을 들으니 그다지 무리한 일은 아니었다. 신청하지 못한 수업도 프리 패스로 입력이 가능했다. 단 같이 수강한다는 조건으로. 유경이 결석에 민감하지 않고 학점은 후한 교양과목 정보를 나열했다. 소주로 목을 축이고 손목시계를 보더니 자리에서 일어났다.

"잠깐, 어떻게 찾아?"
"공주님같이 생긴 애 있어. 보면 바로 알아."

정말 그랬다. 뒷문을 통해 강의실에 들어서자마자 성미조가 보였다. 앙고라 소재의 흰색 반소매 폴라티와 정강이까지 퍼지면서 내려오는 푸른색 벨벳 치마에 메리제인 구두를 신고 있었다. 발목을 덮는 레이스 양말에 데이지가 자수 놓여 있었다. 물결치는 긴 머리카락에 진주 머리핀을 꽂았다. 옆자리 의자에 트위드 코트를 예쁘게 접어 걸어 두었다. 가방은 핸드폰도 안 들어가지 싶게 작았다. 파우더리한 향수 냄새가 풍겼다.

자리에 앉자 미조가 코트를 치우고는 공손하게 미소 지었다. 한동안 내 입가를 주시하더니 고개를 다시 앞으로 향했다. 발목을 깐닥거리고 손톱을 문질러 대고 티 나지 않게 이쪽을 힐끔 봤다. 불안감이 피부로 고스란히 전해졌다. 내가 미리 언질을 받은 그 사람인지 궁금해하는 기색이었다. 나는 잠자코 있었다.

강의실에는 침울한 분위기가 드리워져 있었다. 새 학기의 긴장이나 기대는 찾아볼 수 없었다. 다들 조금씩 병들었으며 실의에 빠진 모습이었다. 세상 다 산 듯한 얼굴들 사이로 아는 얼굴이 있는지 살폈지만 보이지 않았다. 전공선택 과목인 조세론 수업이었다. 나이 지긋한 교수가 10시 정각에 들어와 곧장 출석을 부르기 시작했다. 이곳에서 유일하게 구면인 사람이었고, 내가 가장 앞 순서였다. 어느 수업이든 마찬가지일 것이다. 교수가 앞자리 0인 학번을 가지고 면박을 줬다. 타격감은 없었다. 웃으라고 하는 소리였다.

이름들이 지나갔다. 출석이거나 결석이었다. 나는 다음 이름을 기다리며 의자를 당겨 앉았다.

"성미조."

미조가 오른손을 들었다.

"성미조." 교수가 출석부에서 눈을 떼고 강의실을 둘러봤다. "그래."

앞문으로 유경이 들어왔다. 강의계획서 한 무더기

를 품에 안은 채였다. 두리번거리는 것으로 보아 나를 찾는 듯했는데, 미조를 먼저 찾았고, 그 옆에 앉은 나와 눈이 마주쳤다. 유경이 책상에 종이 뭉치를 내려놓고는 잘했다는 듯 미소를 흘리며 나갔다.

교수가 강의 오리엔테이션을 했다. 나는 노트북을 켜고 워드를 열었다. 교수가 판서를 위해 뒤돌 때마다, 입 모양이 보이지 않을 때마다 타자를 쳐서 살짝 틀어 보여 줬다. 미조가 고개를 숙여 고맙다는 표시를 했다. 보여 주면 고개 숙였고, 보여 주면 또 고개 숙였다.

중간고사는 과제로 대체. (인사 그만)

미조가 알겠다는 뜻으로 고개 숙여 인사했다.

첫 주인데 수업을 진행해 교수가 원성을 샀다. 종교인 과세 이슈였다. 그는 무신론자였는데, 무교라기보다는 신 없음이라는 신을 믿는 듯했다. 관점이 지나치게 편향되어 있었고, 이는 앞으로 강의가 어떻게 진행될 것인지를 단적으로 시사했다. 그러니까 이 시간은 종교인 과세에 대한 수업이 아니라 오리엔테이션의 연장이었다. 어떤 특정한 대상이 아니라 그 대상에 대한 태도를 언급하는 것에 가까웠다. 태도가 맞지 않는다고 판단되면 각자의 갈 길을 가자고 미리

양해를 구하는 것이었다. 나는 그가 좋았다.

누구도 피할 수 없는 두 가지는 죽음과 세금, 벤자민 프랭클린.

쉬는 시간에 미조가 자기 상태에 대해 알려 주었다. 손짓 발짓을 섞은 구화였다. 선천성, 어릴 때 몸이 약해 수술을 받지 못했고, 입 모양을 읽거나 만들 수는 있지만 소리 내는 방법은 힘들어서 배우지 못했다. 미안하다, 그리고 도와줘서 고맙다. 아침에 유경에게 들은 내용이었다. 나는 처음 듣는 척했다. 천천히 바뀌는 입술을 보았고, 그 사이로 새어 나오는 '윽' 혹은 '억' 소리를 들었다.

그리고 꼬르륵 소리도. 저쪽 배에서 나는 것이었다.

"이따 밥 먹을래요?"

미조가 미간을 좁히고 눈을 가늘게 떴다. 나는 숟가락질하는 시늉을 내며 소리 없이 말했다. '밥.'

나중에 알게 된 거지만 미조는 누군가와 함께 식사하기를 꺼렸다. 무얼 씹으면서 말하면 알아듣기 어렵다고 했다. 그렇다고 해서 침묵하는 것도 싫었다. 끔찍하게 싫었다. 미조는 수다쟁이였다.

'⋯⋯가야 돼요.'

'어디라고요?'

미조가 손가락으로 허공에 글씨를 썼다.

'구몬?'

'네. 구몬학습 하러 집에 가야 해요. 수학 배우고 있어요. 동그라미 받고 싶어서요.' 미조가 가상의 문제집에 채점을 했다. '100점 맞고 초등학교 6학년으로 올라갔어요.'

'미조 어린이?'

'네.'

교수가 프로젝터로 그림을 띄웠다. 마사초의 벽화「성전세」였다. 이탈리아 피렌체의 산타마리아 델 카르미네 성당에 그려진 것으로, 사도 베드로가 예수의 명을 받고 물고기 입에서 동전을 꺼내 세리에게 성전세를 내는 장면이었다.

예수는 성전세를 내지 않아도 되었다고 교수가 설명했다. 성소를 관리하는 돈이니까 성전 주인인 예수는 낼 필요가 없었다. 그럼에도 우리 예수 그리스도께서는 지상에 있는 동안 지상법을 따라야 한다며 세금을 냈다. 교수가 화이트보드에 십자가를 그렸다. "아멘."

청중이 웃음을 터뜨렸다.

아멘.

웃음이 지나간 자리에서, 고요 속에서 미조가 뒤늦게 큭, 웃었다. 몇몇이 의아하다는 듯 뒤돌아봤다. 교수까지 이쪽을 봤다. 그러고는 모르는 척 십자가를 지웠다. 꽤 오래 지웠다. 난색을 감추려는 듯했다. 사정을 아는 이가 모르는 이에게 귓속말했다. 세 음절이면 충분했다. 미조는 자기 실수를 깨달았다. 귀가 빨개지는 게 보였다.

'미안해요, 선배.'

수업이 끝날 때까지 미동 없이 앉아 있던 미조가 그렇게 사과하고는 허둥대며 떠났다.

그날 오후 삼성생명 문서고에 갔다. 퇴직금을 지급받기 전 비밀 유지 서약서를 써야 한다고 했다. 보험약관과 서명, 신분증 사본 등을 보관하는 곳이었다. 문서 전산화가 이루어지면서 수기로 쓴 것들을 폐기하는 일을 했다. 단순노동이라 자면서도 할 수 있었다. 이제는 할 수 없었다. 학교에 다녀야 했다. 매니저가 그동안 수고했다며 지갑에서 만 원을 꺼내 줬다. 나는 받았다.

저녁을 먹으러 고시원에 들렀다. 공동 주방 냉장고에 달걀이 있었다. 운이 좋았다. 고시원 총무는 뚱뚱하고 인색한 여자였는데, 자신만 아는 비밀 공간에서 달걀을 두 알씩 가져다 냉장고에 채우곤 했다. 밥, 라면, 중국산 김치와 함께 제공하기로 약속된 품목이었다. 혹시나 두 개 다 먹지는 않는지 감시가 삼엄했다. 하나씩만 먹어야 했다. 걸리면 굉장히 화를 냈다. 나는 공용 프라이팬에 식용유를 뿌리고 달걀을 부쳤다. 낮은 온도에서 천천히 익혀 서니 사이드 업을 만들었다. 언제 지었는지 알 수 없는 밥을 뜨고 그 위에 달걀을 올렸다. 프라이팬에 남은 기름으로 김치를 볶았다. 너무 시어서 생으로는 먹을 수 없었다. 볶은 김치를 밥그릇 한쪽에 얹고 숟가락으로만 떠먹었다. 노른자를 터뜨리는 순간에 총무가 주방으로 들어왔다. 냉장고를 열어 보고 내 밥그릇을 노려보더니 흡족해하며 물러났다.

9시부터 12시까지는 클럽에서 일했다. 일고여덟 명의 여자들이 스테이지에 서서 손님인 척 춤추는 아르바이트였다. 외투와 가방을 사물함에 맡기고 띄엄띄엄 서서 체조나 서성거림에 가까운 춤을 추었다. 이르게 온 진짜 손님들이 민망하지 않도록. 목마르면 아이스티나 오렌지주스를 마실 수 있었다. 술은 돈 내고 마셔야 했다. 손님이 말을 걸거나 추근거리면 다른 알바가 와서 떼어 놓았다. 얼마 전부터 견습 디제이가 춤 알바 하나와 사귀면서 클럽 성향에 맞지 않는 이상한 음악을 틀었다. 청력을 영구히 파괴하는 음악이었다. 우퍼가 내는 진동에 플로어가 울렸고, 발바닥이 간지러웠다. 연무가 나오면서 시야가 뿌예졌다. 퇴근 무렵 손님이 차기 시작했다. 오늘은 월요일이라 지난주 주급을 받았다. 실장이 알바들을 계단에 한 줄로 세워 놓고 현금으로 주급을 줬다. 호명하면 나가서 받았다. 5일 만근해서 칭찬받았고 슬리퍼를 신어서 혼났다. 자정이 되었다. 밖으로 나오니 귀에서 삐 소리가 났다.

그런 다음 편의점에 갔다. 이전 근무자와 시재를 맞추고 교대했다. 점장이 사정을 많이 봐주어 손님이 없을 때는 엎드려 자도 되었다. 내가 근무하는 시간대에는 액체류도 배달되지 않았다. 무거우니까. KT&G 영업 사원이 와서 전자레인지에 돌려 먹는 어묵탕을 사 주었다. 외산 담배를 사는 손님에게 국산을 추천해 달라는 부탁과 함께였다. 영업 사원이 간 뒤 나는 어묵탕을 환불하고 현금을 챙겼다. 폐기 도시락을 먹었다. 취객이 카운터에 구토를 했고 가출 청소년이 야외 테이블에 라면을 쏟았다. 본사 직원이 들러 카드깡

과 포인트 적립을 하고는 메르세데스를 타고 사라졌다. 동이 텄다. 잠을 자고 싶었다. 나는 노트북을 펼치고 파일 하나를 열었다. 168칸으로 된 표가 나왔다. 가로는 월요일부터 일요일까지 일곱 칸, 세로는 0시부터 24시까지 스물네 칸이었다. 이번 주를 아직 서른 시간밖에 살지 못했다. 나는 내용을 갱신했다. 삼성생명 문서고 일정을 지운 다음 수업 시간을 빗금으로 채웠다. 빗금 안에 '미조'라고 적었다.

  수업 때 잠을 못 잔다는 점을 제외하면 보조 일은 어렵지 않았다. 왜 진작 이 장학금의 존재를 알지 못했나 아쉬울 정도였다. 크고 작은 위기가 없지는 않았지만 미봉책으로 헤쳐 나갔다. 수강 정정은 하지 않기로 했다. 혹시 나 때문에 포기한 수업이 있는지 물었는데 없다고 했다. 거짓말인 것 같았지만 그냥 넘어갔다. 밥은 학생 식당에서 혼자 먹었다. 유경이나 다른 조교와 먹는 날도 있었으나 대부분은 혼자였다. 미조와는 수업 때만 만났다. 자연스럽게 그렇게 되었다. 옆에서 들리는 꼬르륵 소리는 처음에만 괴로웠다.
  의식하지 못하는 사이 나는 또박또박 발음하게 되었다. 다른 이와 대화할 때도 눈보다 입을 더 자주 보았다. 입을 가리고 웃는 버릇을 고쳤다. 나는 조세론 때와 같은 일을 만들지 않으려 주의를 기울였다. 교수의 농담을 적지 않았다. 꼭 필요한 말만 적었다. 미조는 내색하지 않았다. 다른 사람이 웃으면 따라 웃었다. 백지 위에 깜빡이는 커서를 바라보면서.

어느 날 테라스에서 혼자 담배를 피우고 있는데 웬 남자가 다가와 누나, 했다. 처음 보는 얼굴이었다.

"저 이세영이요."

"이세영이 누군데요?"

"기억 안 나요? 저 군대 갈 때 누나 울었잖아요."

기억이 안 났다. 수면 부족 때문인지도 몰랐다. 이세영은 서운해했고, 내 창피한 역사 몇 가지를 들먹이며 우리가 아는 사이임을 증명하려 했다. 주로 떨어진 음식에 관한 것이었다.

"미조랑 수업 같이 듣죠?"

"그런데요?"

"장학금 때문에 하는 거죠?"

나는 담배를 발로 비벼 끄고 다음 담배를 입에 물었다. 이세영이 지포 라이터로 불을 붙여 주었다.

"그거 원래 제 일이었거든요. 제가 할게요." 이세영이 서둘러 덧붙였다. "장학금은 누나가 받아요. 일만

제가 할게요."

"미조랑 얘기 된 거예요?"

"네."

다음 날 강의실에 미조가 먼저 도착해 있었다. 나를 발견하고는 옆자리 의자에 걸린 아가일 카디건을 치웠다. 아마 무심결에 그랬을 것이다.

'동그라미 많이 받았어요?' 나는 늘 그랬던 것처럼 물었다.

'분수의 나눗셈 하나 틀렸어요.' 미조가 울상을 짓더니 공책에 틀린 문제를 적고 다시 풀었다. '이렇게 했어야 됐는데.'

나는 정답에 투명한 동그라미를 쳐 주고 다른 자리로 갔다. 잠시 후 이세영이 들어와 미조 옆에 앉았.

둘은 익숙하게 대화했다. 이세영은 입 모양이 아니라 목소리로 말했다. 내가 그러면 잘 못 알아듣던데, 무슨 비결이 있는 듯했다. 이세영은 미조에게 수시로 뭔가를 가르쳤다. 입을 아 벌리고 미조에게도 똑같이 하도록 시켰다. 발화 훈련인 것 같았다. 미조가 마지못해 따라 했다. 될 턱이 없었다. 이세영은 아랑곳하지 않았다. 미조의 실패가 이세영을 기쁘게 했다.

나는 둘을 관찰하는 일을 그만두었다.

공강 때 다람쥐 길을 걸었다. 함께 다람쥐를 보면 연인이 된다는 길이었다. 다람쥐가 살기나 하는지 의문이었다. 지금까지 한 번도 보지 못했다. 그림자가 지는 느낌에 올려다보니 나뭇가지 하나가 머리 위로 드리워져 있었다. 팔을 뻗고 제자리에서 뛰었다. 잡히지 않았다. 손가락 한 마디 정도가 부족했다. 포기하고 가던 길을 갔다. 뭔가 짜증이 났는데 정확히 무엇 때문인지 알 수 없었다. 소주 든 텀블러가 필요했다. 나는 되돌아가 아까 그 나뭇가지 아래 섰다. 다시 한 번 힘껏 뛰었다. 이번에는 잡았다.

잔디밭 벤치에 앉아 담배를 피우는데 학생 식당에서 미조가 나오는 게 보였다. 너무 튀어서 보지 않을 수가 없었다. 담뱃재를 떨다가 불똥이 소매 안으로 튕겨 들어왔고, 나는 팔을 파닥거렸다. 미조가 손을 마주 흔들었다. 엉망이었다.

'세영 오빠가 밥 먹자고 해서요.' 미조가 달려와 쓸데없이 둘러댔다. '화장실 간다고 하고 도망쳤어요. 선배 여기 계실 줄 알았어요.'

이어폰을 빼려 하자 미조가 들어도 된다고 말렸다. 정확히는 들어 달라고 청하는 쪽에 가까웠다. 나는 시키는 대로 했다.

'뭐 들어요?'

'그냥. 라디오. 광고 안 나오고 멘트 별로 없는 채널.' 클래식 채널이라고 하기 창피해서 그렇게 말했다.

'무슨 노래 나와요?'

'보칼리제.'

'그거 알아요.' 미조가 팔뚝에 활을 긁었다. '티브이에서 정경화가 바이올린 켜는 거 봤어요.'

'기악곡인 줄 알았는데 원래 성악곡이래요.' 나는 지금 미조가 지니고 있을 죄책감을 덜어 주기 위해 짐짓 그렇게 말했다. '알고 있었어요?'

'몰랐어요.'

'가사가 이래요.' 나는 목청을 가다듬었다. "아아아. 아아 아 아아 아 아아아. 아아 아 아아아. 아아 아 아 아 아아."

'치과에서 부르는 노래인가 봐요.' 미조는 별로 상처 받지 않은 것 같았다. '궁금해요.'

'보칼리제?'

'아니요. 그냥 노래가 뭔지 궁금해요.' 미조가 내 입술을 멍하니 쳐다봤다. '근데 노래보다 더 궁금한 게 뭔지 알아요?'

'뭔데요?'

'허밍.'

나는 허밍이 무엇인지 생각해 보았다. 어떻게 하는지도.

'방금 허밍한 거예요?'

'아니요.'

건물에서 이세영이 뛰어나왔다. 미조를 찾는 모양이었다. 이세영이 핸드폰을 만지작거렸고, 곧 미조의 디올 백에서 진동이 울렸다. 그 진동이 나를 어떤 장소로 이끌었다.

저녁을 먹고 구몬학습을 한 뒤 미조가 나왔다. 아까와 같은 차림이었으나 아이라인을 덧그리고 구두를 높은 것으로 갈아 신었다. 해 지고 밖에 나오기는 처음이라고 했다. 외출 허락을 못 받을 줄 알았는데 돌이켜 보니 한 번도 시도해 보지 않았다. 도리어 반기더라며 미조는 놀라워했다. 혹은 그간의 세월을 억울해했다.

'동그라미 많이 받았어요?'

미조가 자랑스럽게 고개를 끄덕였다.

실장에게 오늘은 손님으로 왔다고 이야기했다. 만근이 물 건너갔다. 여자라서 입장료는 없었다. 손목에

도장을 찍고 프리 드링크 티켓을 받았다. 맥주나 음료수나 리큐어나 복잡하지 않은 레시피의 칵테일까지는 추가금 없이 마실 수 있었다. 사물함에는 비용이 들었다. 우리는 바 스툴에 앉았다. 이른 시간이라 견습 디제이가 믹싱에 자꾸 실패했다. 곧 정적을 깨뜨리며 하우스 음악이 나왔다. 우퍼가 울리면서 실내의 모든 액체를 진동시켰다. 사람도 얼마간 액체였다. 디제이와 사귀는 알바가 다가와서 왜 앉아 있느냐고 귀에다 소리를 질렀다. 옆에 공주님은 누구냐고도.

미조는 어안이 벙벙한 표정으로 팔다리를 들여다보고 있었다. 자기 귀를 몇 번 잡아당기기도 했다. 나는 반사적으로 눈을 감았다. 이게 정말 미조가 원했던 일인지, 미조가 원하기를 내가 원했을 뿐인지 알 수 없었다. 청바지 뒷주머니에 병따개를 꽂은 직원이 닫힌 맥주 뚜껑이 없나 살피며 돌아다녔다. 그의 육중한 몸이 미조와 나 사이를 잠시 가로막았다가 할 일이 없다는 걸 깨닫고 떠났다. 미조가 내 손을 끌어당겨 손바닥에 동그라미를 그렸다. 나는 손을 도로 가져오며 살짝 주먹을 쥐었다.

미조의 손가락이 네온으로 된 메뉴판 위를 헤맸다. 콜라와 사이다가 항상 고민된다고 했다. 평생의 숙제였다. 나는 둘 다 시켜 미조 쪽으로 밀었다. 미조가 빨대로 얼음을 휘적거리더니 콜라를 한 모금 빨았다. 그다음은 사이다. 그다음은 다시 콜라. 뭘 먹는 모습은 처음 보는 것 같았다. 마시면서 말할 수 있는 사람은 세상에 없다는 생각이 문득 들었다. 씹는 일 말고 마시는 일을 같이 하면 되겠구나 싶었다. 나중이 있다면 말이지만. 마침내 미조는 콜라로 마음을 정한 것 같았다. 빨대를 꺾으며 볼에 보조개를 새겼다. 내가 사이다를 마셨다.

스테이지 쪽을 구경하던 미조가 머뭇거리더니 스툴에서 폴짝 뛰어내렸다. 알바들 사이로 들어가 제자리에서 한번 빙그르르 돌고는 한국무용과 비슷한 춤사위를 선보였다. 나는 바닷가에서 노는 아이를 보는 엄마처럼 앉아서 지켜봤다. 시끄럽게 조용한 음악을. 미조가 이따금 입 모양으로 감상을 보고했다. 나는 알아들었다. 이곳에서 우리는 유리했다.

"혼자 왔어요?"

순식간에 소음이 귀로 밀려들어 왔다. 배낭을 멘 남자가 바에 놓인 두 개의 음료수 잔을 무시한 채 곁에 서 있었다. 나는 어깨를 으쓱했다.

남자가 묻지도 않고 미조 자리에 앉았다. 야구 모

자를 벗더니 멋쩍은 듯 짧은 머리카락을 문질렀다. 내일 훈련소에 간다고 했다. 그가 배낭에서 정사각형의 납작한 노란색 물체를 꺼내 건넸다. 비닐에 감싸여 있었고 말랑했다. 체더치즈였다. 이름이 뭐냐고 그가 물었다. 논산에서 내 이름을 그리워하겠다고 했다.

"성미조."

치즈맨이 떠난 뒤 미조가 돌아와 스툴에 걸터앉았다. 콜라를 마시면서 자세를 자꾸 고쳤다. 의자가 높고 딱딱해 불편한 모양이었다. 나는 건너편 구석의 소파를 바라봤다. 소파에 앉으려면 보드카나 위스키를 병으로 시켜야 했다. 만근한 주급 두 번, 혹은 고시원 월세와 비슷했다. 미조가 화장실에 간 사이 나는 병따개 직원에게 신용카드를 건네며 테이블을 잡아 달라고 말했다. 안주는 필요 없고 술만 달라고 했다. 직원이 그러면 안주를 자기가 먹어도 되느냐고 물었다. 마음대로 하라고 했다.

더럽고 먼지 낀 초콜릿색 우단 소파에 몸을 깊숙이 기댔다. 추락하는 기분이었다. 안도감과 비슷했다. 너무 졸려서 차라리 죽는 게 나을 것 같았다. 노는 게 일하는 것보다 힘들었다. 나는 버킷에 담긴 얼음을 한 움큼 집어 정수리에 문질렀다. 레몬 슬라이스를 껍질째 먹었다. 화장실에서 돌아온 미조가 하이힐을 벗고 무릎을 껴안은 자세로 옆에 앉았다. 소파는 물렀고, 몸이 그쪽으로 살짝 기울었다. 미조가 등받이에 한쪽 팔을 기대고 거기 이마를 묻었다. 손끝에서 물방울이 떨어졌다.

'늦게 웃어서 그래요?' 흘러내린 머리카락 사이로 미조의 입술이 움직였다.

그러니까 이세영이 미조와 나 양쪽에 거짓말을 한 셈이었다. 내가 정말 그 사실을 몰랐는지, 아니면 모르고 싶었는지는 확신할 수 없었다. 한 사람에게 편한 쪽으로 자연스럽게 이루어졌던 합의가 다른 한 사람의 희생에 빚졌다는 사실을 그동안 모르는 척했던 것처럼. 고백건대 뒤치다꺼리가 항상 수월하기만 했던 건 아니었다. 그건 인정할 수 있었다.

"이세영이 누구야?" 며칠 뒤 나는 과 사무실에서 퇴근을 준비하는 유경에게 물었다.

"이세영 몰라? 군대 갈 때 너 울었잖아."

"미조한테 이세영이 누구야?"

창밖으로 벚꽃 잎이 떨어지고 있었다. 중간고사 기간이라는 의미였다. 중간고사는 과제로 대체. 인사 그만.

해가 비껴 들어왔다.

"성미조 목소리 들은 유일한 사람." 유경이 가방에 텀블러를 집어넣고 지퍼를 단호히 닫았다. "신음 소리."

신음 소리. 마음속에 그 글자가 타이핑되었다. 나는 남들보다 3초 늦게 웃음을 터뜨렸다. "네가 그걸 어떻게 알아?"

"다 아니까. 성미조 빼고. 아, 너도 빼고."

요컨대 우리가 만나게 된 건 내 가난 때문이 아니라 음험한 소문 때문이었다. 그냥 놔두라고 유경이 조언했다. 네 처신이나 똑바로 하라고도. 맞는 말이었다.

클럽에 갔던 날 이후로도 미조 옆에는 이세영이 앉았다. 미조는 가만히 있었다. 나도 가만히 있었다. 솔직히 피곤했다. 미조가 도움을 요청하지 않았더라면 아마 계속 가만히 있었을 것이다.

처음으로 미조가 부탁이라는 걸 했다. 자기보다 늦게 오고 이세영보다 먼저 와 달라고. 이세영이 도착하기 전에 옆에 앉아 달라고. 대단히 까다로운 주문이었다. 학습 보조가 할 법한 일은 아니었다. 무얼 쥐려면 먼저 쥐고 있던 걸 놓아야 한다는 사실을 미조는 이해하지 못했다. 살면서 한 번도 그래 본 적이 없었다. 이상한 데서 이기적인 애였다.

조세론 시간에 나는 미조 옆에 앉은 이세영 옆에 앉았다. 미조가 움찔했다. 이세영이 내게 인사를 건네더니 의자를 미조 쪽으로 붙여 앉았다. 태평해 보였다.

"성미조." 교수가 출석을 불렀다.

"네." 내가 대답했다.

교수가 손을 든 미조와 나를 번갈아 보더니 그래, 하고 넘어갔다.

이세영은 자주 타이핑했는데, 수업 내용보다 잡담이 더 많았다. 아무도 궁금해하지 않을 시시콜콜한 얘기들이었다. 너의 식사 메뉴와 수면 시간과 복약 여부와 배변 활동을 왜 미조가 알아야 하나. 이세영이 자판에 손을 올려놓은 채로 졸다가 무수히 많은 'ㅕ'를 찍기 시작했다.

나는 몸을 뒤로 젖혔다. 졸고 있는 뒤통수 너머로 물었다. '정말 싫은 거 맞아요?'

미조가 고개를 끄덕였다. 눈가가 급속도로 빨개지면서 속눈썹에 꿀처럼 무거워 보이는 눈물이 맺혔다.

'그럼 싫다고 말해요. 나머지는 내가 알아서 할게요. 그냥 싫다고 한마디만 해요.'

'저 말 못 해요.'

나는 입 모양으로 하라고, 어려우면 글로 적으라고 했다. 싫어요, 이 세 글자만. 부탁도 명령도 아니었다. 누구도 기만하지 않을 유일한 방법이었다.

미조가 고개를 저었다. 그리고 이세영이 아니라 내게 그 말을 해냈다. '싫어요.'

나는 깨끗하게 단념했다. 학기가 끝날 때까지 두 사람을 상관하지 않았다. 종종 미조와 눈이 마주쳤다. 내가 먼저 피했다. 예상했던 대로 이세영은 미조에게 소홀해졌다. 발화 연습도 시키지 않았다. 차지하고 난 뒤 흥미를 모조리 잃은 듯했다. 크리스마스 다음 날의 장난감처럼. 체육대회를 핑계로 결석도 잦았다. 경제학과 축구팀 주장이라고 했다. 이번에는 반드시 우승할 거라며 파이팅을 외치고 다녔다. 나는 이세영을 대리하지 않았다.

벚꽃과 함께 중간고사가 끝났다. 날이 더워지는가 싶더니 기말고사가 끝났다. 종강이었다. 나는 전 과목 B$^+$를 받았다. 출석만 하면 받을 수 있는 점수였고, 그 정도면 만족이었다. 태어날 때부터 공부에는 소질이 없었다.

편의점과 클럽을 그만두었다. 일을 안 하면 큰일 날 줄 알았는데 아무런 일도 일어나지 않았다. 사람이 굶어 죽기란 생각보다 어려웠다. 편의점 점장이 퇴직 선물로 담배 한 보루를 주었다. 주말 파트타임 알바가 담배 600만 원어치를 훔쳐 달아났다고 했다. 600만 원이나 604만 5000원이나. 점장이 울면서 말했다. 클럽 실장은 지난번 내가 시켜 놓고 뚜껑도 열지 않은 보드카를 돌려줬다. 무단 퇴사하면 안 주려고 했는데 시험에 통과했다고 했다.

나는 1.5평짜리 방에서 10년 동안 미뤄 왔던 잠을 잤다. 책상 아래에 다리를 뻗은 채로. 창문이 없었으므로 낮과 밤은 무관했다. 일어나니 한 달이 지나 있었다. '한 달에 한 번'이라는 이름의 식물이 떠올랐다. 물은 줬을까. 되짚어 보니 말려 죽이는 게 아니라 썩혀 죽이는 스타일이었다. 어렵다면 월급날에만 물을 주라고 알려 주고 싶었다. 나는 일어나 기지개를 켰다. 이불을 정리하고 양치와 빨래를 했다. 달걀 한 판을 사서 백과사전만 한 달걀말이를 부쳐 먹었다. 보드카 안주였다. 총무가 냉장고 문을 세차게 닫으며 괜히 화풀이를 했다. 화낼 구실이 없어서 화가 난 것 같았다. 나는 프라이팬과 그릇을 설거지한 뒤 옥상에 올라가 담배를 피웠다. 한 보루를 다 피웠다. 이제 그만 피워도 될 것 같았다. 여한이 없었다.

방으로 돌아가니 등록금 고지서가 문틈에 꽂혀 있었다. 전액 면제였다.

미조는 휴학계를 낸 상태였다. 따라 휴학했는지 이세영도 보이지 않았다. 특별한 일은 아니었다. 졸업을 유예하기 위해 휴학하는 자들이 많았다. 자기소개서를 쓰고 영어 점수를 만들고 인턴십이나 대외 활동을 하고 있을 것이다. 나와는 조금도 상관없는 세계였다. 목요일 점심에 조세론 교수가 참치회를 사 주며 대학원 진학을 권했다. 구애의 형식이었지만 이면에는 노예가 되라는 뜻이 담겨 있었다. 일꾼을 알아보는 능력이 탁월했다. 나는 사양했다.

"성미조 양은 어떻게 지내나?" 밥값을 계산하며 교수가 물었다.

알 리 없었다. 이세영에서 비롯된 일련의 일들은 차치하더라도 애초에 우리는 연락하고 지내는 사이가 아니었다. 서로 번호는 주고받았지만 꼭 필요한 용건이 아니면 사적으로 연락하지 않았다. 그것 역시 우리가 해 왔던 자연스러운 합의 중 하나였다. 미조는 자기를 '일'이라고 여겼다. 내가 그렇게 만들었다. 나는 모른다는 뜻으로 교수에게 고개를 가로저었다. 버르장머리 없어 보였겠다는 생각이 곧바로 들었다. 눈짓, 고갯짓, 손짓, 발짓, 몸짓, 세 살배기가 아닌 이상 이제는 고쳐야 하는 습관이었다. 입을 가리지 않고 웃는 습관도.

"모르겠습니다."

교수와 헤어진 뒤 본관 앞을 지나는데 어떤 남자가 알은척을 했다. '축 10년 만에 졸업' 플래카드 시안을 골라야 한다며 무슨 색을 좋아하는지 물었다. 미친놈이었다.

한 달 동안 여름잠을 자서인지 강의 내용이 전부 이해되었다. 이런 훌륭한 수업을 무료로 듣는다니 죄스러웠다. 이제야 나는 적성을 찾은 듯했다. 사실 천재가 아니었을까, 스스로에 대해 그동안 지독히 오해한 게 아니었을까 싶을 정도였다. 대학원 진학을 거절한 게 잠시 후회되었다.

과 사무실에서 새 조교가 유경의 소식을 전했다. 혼전 임신으로 일을 그만두었다고 했다. 해안으로 드라이브를 갔다가 어판장에서 일하는 남자와 눈이 맞았다. 결혼식은 생략하고 그가 사는 항구도시에 신접

살림을 차렸다. 태명은 꼴뚜기였다. 새 조교가 유경의 선물이라며 낯익은 텀블러를 내밀었다.

나는 소주를 마시며 다람쥐 길을 걸었다. 이파리가 돋아 기억 속 나뭇가지를 분간할 수 없었다. 나뭇잎 사이로 햇빛이 비치면서 그림자가 초록색으로 졌다. 아무 데나 멈춰서 점프했다. 잎을 매단 탓에 가지가 무거워져 죄다 잡혔다. 손등에 넘친 소주를 핥아먹고 있는데 머리 위에서 이파리들이 길을 내며 흔들렸다. 바스락 소리가 멀어졌다.

잔디밭에 총장의 사퇴를 요구하는 텐트가 쳐져 있었다. 무슨 중대한 잘못을 저지른 모양이었다. 학생들이 기타를 치면서 민중가요를 불렀다. 오랜 세월 입에서 입으로 전해져 내려온 노래였다. 정의감 때문이 아니라 그냥 놀고 싶어서 그러는 것처럼 보였다. 어느 쪽이 되었든 태도임에는 틀림없었고, 나는 그들이 존경스러웠다. 영원히 그들이 되지 못하리라는 예감이 들었다. 나는 벤치에 앉았다. 담배를 찾다가 다 피웠다는 걸 깨달았다. 담뱃갑 대신 핸드폰이 잡혔다.

문자메시지 창을 켰다. 무얼 적어도 틀린 말이 될 것 같아 두려웠다. 스페이스 바를 한 번, 두 번, 세 번, 네 번 눌렀다. 그날 미조가 마지막으로 했던 말이

'싫어요.'가 아니라 '싫어해요.'였을지도 모른다는 생각이 들었다. 노래가 멈추었다. 수업 시간이 되었는지 기타리스트가 악기를 케이스에 집어넣었다. 나는 실수로 전송 버튼을 눌렀다. 아닐 수도 있었다. 나란한 벤치, 단발머리 여자가 트렌치코트 주머니에서 핸드폰을 꺼냈다. 소리가 떠난 자리였다. 이번에는 누구도 늦게 웃지 않았다. 아멘.

도청자

도청을 당하고 있다고 했다. 그게 언니가 휴학을 결심한 이유였다. 언니가 편의상 하는 거짓말을 스스로에게 용납하는 사람이었더라면 왜 한 학기도 안 되어서 쉬려고 하느냐는 내 물음에 아무 이유나 가져다 댔을 것이다. 말할 듯 말 듯 두 시간 삼십 분 가까이 진을 빼지는 않았을 거라는 얘기다. 속이지 말며 서로 거짓말하지 말며. 언니는 그간의 가슴앓이를 털어놓음으로써 내게 지옥의 뒷모습을 엿볼 수 있게 허락해 주었다. 그때 엄습했던 낭패감의 정체를 나는 아직도 정확히 설명할 수가 없다.

꼭 그것 때문만은 아니지만, 하고 언니는 위로하

듯 변명하듯 말끝을 흐렸다. 내가 지었을 표정을 짐작하게 했다. 언니는 괜한 얘기를 꺼냈다며 후회했다. 나는 반쯤은 형식적으로 다른 이유를 물으면서도 거기에 별다른 희망을 걸 수 없으리라는 것을 알았다.

 언니가 비정기적으로 참여한 적이 있는 실내악 스터디의 구성원이 유력한 용의자 내지 피의자였다. '슈베르트의 3음'은 진지하고 우수에 젖은 아이들이 살롱음악을 전개하기 위해 만든 다소 현학적인 과 내 소모임으로, 예쁘고 잘생긴 외모와 매사 심각한 태도와 술을 마시지 않는 풍토와 서로 연애하지 않는 규율로 눈길을 끄는 단체였다. 조성을 미지에 부치기 위해 슈베르트가 누락시킨 3도 화음의 3음 같은 존재가 바로 자신들이라는 비유에서 알 수 있듯이 정말 더할 나위 없는 애송이들의 집합이었다. 자주는 아니지만 피아노가 필요할 때마다 언니가 객원 노릇을 해줬던 것으로 기억한다. 약삭빠른 애들에게 공짜로 이용당한다는 사실을 언니만 몰랐다.

 도대체 왜? 라는 근원적 물음이 그때는 떠오르지 않았다. 그들이, 왜, 언니를? 그보다는 그들에게 도청할 만한 기술이 없을 거라는 생각이 먼저 들었다. 깽

깽거리는 것 말고는 할 줄 아는 게 아무것도 없지 않나. 그들이 도청을 했다고 해석할 수밖에 없는 몇 가지 예증은 대부분 감에 기댄 것이었고, 경우에 따라 시적이기까지 했다. 어떤 책을 인터넷서점 장바구니에 넣었는데 다음 날 누가 같은 책을 들고 있었다든지, 문득 좋아하게 된 옛날 노래를 누가 통화 연결음으로 설정했다든지, 언니만의 독창적 아이디어를 누가 자기 것인 양 얘기했다든지. 요컨대 그들은 언니의 대뇌피질까지 도청할 수 있었다.

핸드폰과 노트북 카메라에 스티커를 붙이고 메일이나 문자메시지로 오는 링크를 누르지 말라는 내 무의미한 조언에 언니는 눈을 빛내며 열심히 고개를 끄덕였다. 생전 처음 들어 보는 방법이라는 듯, 내가 발밑에 뱀이 우글거리는 낭떠러지의 유일한 구명줄이라도 된다는 듯. 나는 마음이 아팠고, 사실이 무엇인지에는 관심이 없어졌다. 언니의 고통은 진실이었다. 그게 중요했다.

모르는 게 나았을 뻔한 그 사건 진술이 있고 얼마 후 슈베르트의 3음에서 비올라를 하는 남자애가 넌지시 언니 얘기를 꺼냈다. 그때까지 말을 섞어 본 적

없는 애였다. 슈베르트의 3음 친구들과 나는 친분에 비해 서로를 너무 속속들이 알고 있었던 게 분명하다. 잠깐 끊겼던 대화를 다시 잇는 듯 자연스러웠던 걸 보면. 그는 스터드가 달린 라이더재킷 차림에 바이크 헬멧을 옆구리에 끼고 있었다. 다른 쪽 손에는 얇은 책, 등에는 연보라색 에나멜 하드케이스.

"그 누나가……." 록스타가 난처하다는 듯 운을 뗐다. 그러고는 짐짓 내 반응을 살폈다. 그 애는 인조 티가 물씬 나는 형광색 플라스틱 미끼를 내가 물 거라고 생각했다.

나는 손목시계를 보는 척했다. 할 일은 없었지만 아무에게나 두 시간 삼십 분을 내줄 만큼 특별히 한가한 것도 아니었다.

"뭐 마실래?" 그가 음료수 자판기를 고갯짓으로 가리켰다.

나는 피리 부는 시늉을 냈다.

"아. 너는 먹으면서 못 하는구나." 그가 딱하다는 듯 말했다. "그럼 나 마시는 거 봐."

좁고 긴 문으로 동전이 끝도 없이 들어갔다. 림보에 갇힌 기분이었다. 언제까지 넣으려는 거야. 잠시 후 그가 꽃 따는 아낙네처럼 제로 콜라 두 캔을 헬멧 모양 바구니에 담았다. 윗옷이 올라가 맨허리와 팬티 밴드가 보였다.

"우리가 도청을 한다는데?" 제로 콜라 마니아가 캔 하나를 건네며 말했다. 떠보는 건 그만두기로 한 모양이었다. 그는 정말로 황당해했다. 오스카상을 받을 게 아닌 이상 연기라고 보기는 어려웠다. 이 비올리스트를 위시해서 슈베르트가 왕따시킨 비운의 3음 친구들은 자기들의 누명을 벗길 의무가 내게 있다고 합의를 본 것 같았다.

"그런데?" 나는 물었다.

그는 실수로 고양이 꼬리를 밟은 사람처럼 얼굴을 찌푸렸다. 나는 기시감을 느꼈다. 낯설지 않은, 구태여 기억하고 싶지 않은 표정이었다. 이를테면 신입생 오리엔테이션 날, 늦은 나이에 입학한 언니가 삐약이들 사이에서 세부 전공이 병기된 명찰을 목에 건 채 맥주 반 잔에 취해서는 다 같이 나무젓가락을 담그며 집어 먹고 있던 탕수육 접시에 토했을 때, 또 자기는 혼전순결주의자이자 생물학적 처녀라는 아무도 묻지 않은 얘기를 울면서 고백했을 때 동기들이나 선배들이 서로 시선을 교환하며 지었던 표정이었다. 나는 그때와 똑같은 온도로 얼굴이 달아오르는 것을 느꼈다.

연상의 여인에 대한 원인 미상의 애호가 아니었더라면 나 역시 다른 이들과 마찬가지로 언니에게 거리를 뒀을지 모른다. 여기에는 어떤 모순 혹은 맹점이 있었다. 당시 나는 많은 스무 살들이 그러하듯 30세가 되기 전에 생을 마감해야 한다는 낭만적이고도 가소로운 생각에 사로잡혀 있었는데, 그 대상이 나 자신에게만 한정되어 있지 않다는 점에서 보통과 달랐다. 즉 늙으면 다 죽어야 했다. 나는 언니가 서른이 넘었음에도 여태 살고 있으며 신입생으로 입학까지 했다는 데 별다른 적의를 느끼지 않았고, 그걸 내가 언니를 좋아한다는 증거로 받아들였다. 훗날 잭 케보키언의 추종자인 내 심리 상담사가 요절의 기준은 예수가 죽은 나이임을 지적하며 요절하기에는 너무 늦었다는 내 생각이 틀렸음을 증명하고 미소 지으리라는 것을 그때는 당연히 몰랐다. 아닌 게 아니라 나에게도 언니 못지않은 이상한 면이 있었다. 나는 우리가 서로를 알아보았다고 생각한다.

"그 책 재밌어?" 나는 비올리스트의 손에 들린, 한때 언니의 장바구니에 담겼던 책을 가리키며 물었다.

그가 『몰락하는 자』를 앞뒤로 뒤집으며 표지를 골

똘히 들여다봤다. 존재하는지조차 몰랐다는 듯.

언니는 휴학계를 냈다. 규정상 첫 학기에는 중도 휴학이 불가능했다. 종강하는 대로 어머니 집에 내려가서 1년쯤 쉴 계획이라고 했다. 밥도 많이 먹고 잠도 많이 자고. 내게도 앞날을 수정해야 할 필요가 생겼다. 다음 학기에 언니가 보증금을 내고 내가 월세를 내면서 같이 살기로 했던 터였다.

"미안해. 나 때문에."

"아니야!" 나는 재빨리 외쳤고, 생각보다 소리가 너무 크게 나와서 놀랐다. "도청을 당한 게 언니 잘못은 아니잖아."

"이렇게 구슬픈 나비야는 처음 들어 본다."

나는 솔미미파레레를 구간 반복하던 오른손을 멈추었다. "내일 클피인데 뒤졌다."

'클래스 피아노'는 세부 전공과는 무관히 필수로 들어야 하는 수준별 일대일 피아노 수업이었다. 내 우울증의 원인이기도 했다. 나와 매칭된 강사는 고작 나비야나 가르치면서 별도의 레슨비를 요구했다. 치사하고 은근하고 못돼 먹은 방식으로 그랬다. 리사이틀이나 협연 때마다 꽃다발과 케이크도 사 가야 했다. 말하기 전에, 눈치껏 알아서. 응하지 않으면 학점으로 보복한다는 소문이 있었다. 다행인 건 나만 유독 불운한 건 아니라는 점이었다. 날씬한 망둥이와 통통한 망둥이 정도의 차이였다.

"왼손은 오늘 바쁘대? 아까부터 안 보이네."

"악보를 어떻게 한 번에 두 줄씩 읽는지 모르겠어."

"읽지 말고 봐야 돼." 언니가 애정과 연민이 담긴 눈으로 내 옆얼굴을 바라봤다.

보증금을 어떻게 구해야 할지 막막했다. 얼마 전 5시 뉴스에서 보도한 바와 같이 서울의 한 음식점에서 가스가 폭발하는 사고가 있었다. 같은 건물 2층의 고시원 총무가 쉽게 불타는 소재의 문을 따고 들어가 잠들어 있던 학생을 어둠 속에서 끄집어냈다. 인명 피해는 없었다. 나는 아스팔트 바닥에 맨발로 서서, 잠인지 가스인지에 취한 채로 숯이 된 건물을 구경했다. 품에 악기를 끌어안은 채로. 내 몸도 남이 챙겨야 했을 때 무슨 정신으로 그걸 집어 들었는지 모르겠다. 두고 나왔더라면 물론 나는 자발적으로 사망했을 것이다.

그날 남자 친구가 택시를 타고 나를 구하러 오면서 빌붙는 생활이 시작되었다. 최대한 빨리 청산하려고 했는데 생각만큼 쉽지 않았다. 미니어처 신혼 생활이 흥미롭고 안락했던 데다 남자 친구가 나를 내보내고 싶어 하지 않았다. 선녀 옷을 숨겨 둔 나무꾼처럼. 그는 주변 사람들에게 애인을 소개하며 도둑놈 소리를 듣는 취미가 있었다. 내가 전생에 매국노였으며 자기는 독립운동가였다고 떠들기를 특히 좋아했다. 나는 집세를 안 내는 대신 그림의 떡, 못 먹는 감이라고 불리는 수모를 겪어야 했고, 빛 좋은 개살구가 아니라는 것을 증명해야 했다. 어쩌면 내 인생 최악의 시련은 클래스 피아노도 고시원 화재도 아니었다. 생리를 안 했다.

하프를 기증하면 서울대에 입학할 수 있다든가 음대를 나오면 의사에게 시집갈 수 있다든가 하는 얘기는 선사시대에나 유효했지만 불행인지 다행인지 남자 친구는 그 시대의 추억을 간직한 마지막 생존자였다. 나는 병이 있을까 봐 병원에 못 가는 환자처럼 임신 테스트기를 사는 대신 그와의 미래를 그려 보곤 했다. 매일 남의 입속 스물여덟 개의 작은 뼈에 꼬챙이를 쑤시는 사디스트 근시 모범 납세자와의 미래를. 아기 셋을 낳아 줬는데 막상 보여 달라고 할 날개옷이 없을 미래를.

10년 만에 보수당에서 대통령이 나왔고 다수 의석을 차지하기도 한 정권이었지만 청년이 소중한 한 표를 들고 자살하는 건 원치 않았는지 등록금의 절반가량은 정부에서 납부해 주고 있었다. 정가 자체가 터무니없이 비쌌기에 바겐세일은 의미가 없었을 뿐만 아니라 화만 돋우었다. 게다가 나비야 레슨비는 따로 지불해야 했다. 세상은 실망스러웠고 다채로운 방식으로 정떨어지게 했다. 가난을 증명하는 건 수치스럽다기보다는 번거로웠다. 나는 가난합니다. 어떻게 가난하냐고요? 찢어지게 가난합니다. 가난은 상투적이었다. 그게 가난이 가난인 이유였다.

　"무슨 생각 해?" 그날 저녁 남자 친구가 물었다.

　나는 전시회 도록 같은 새하얀 메뉴판을 내려놓았다. 글씨는 달팽이 이빨처럼 작았고 전부 영어였다. 가격도 안 적혀 있었다. "아무 생각도."

　"요새 멍해 보여."

　"생각도 도청하는 게 가능할까?"

　"당연하지." 그가 대답했다.

　나는 물티슈 맛이 나는 마시멜로를 뱉고 그를 쳐다봤다. 두꺼운 안경알 때문에 눈이 엄청나게 작아 보였다. 그래도 안 쓰는 것보다는 쓰는 게 나았다.

"너 지금 배고프다고 생각하고 있잖아." 그가 한쪽 손을 살짝 들어 종업원을 불렀다. "그래서 뭐 먹을 건데? 왜 식당에서 독서를 하고 있어."

"왜 얼마인지 안 알려 주지?" 나는 숫자와의 숨바꼭질을 처음부터 다시 시작했다. "다금바리야? 시가야?"

"내 거에만 적혀 있어. 고기 먹을 건지 생선 먹을 건지만 정해. 다금바리는 없네."

"뭐야. 왜 다른데?"

"원래 그래."

"내 거랑 바꿔." 나는 기밀 정보가 담긴 남성용 메뉴판을 낚아채려다 간발의 차로 실패했다.

"까불지 마."

"까불."

그가 한숨을 내쉬었다.

"까불까불."

"제발."

"까불까불까불."

"쉿."

옥신각신하는 사이에 지배인이 우아한 발놀림으로 미끄러져 다가왔다. 지배인은 주문을 받은 뒤 장희빈의 품에서 아기를 빼앗는 인현왕후처럼 메뉴판을 수거해 갔다. 잠시 후 웨이터 두 사람이 거울처럼 똑같은 몸짓으로 동시에 애피타이저를 내려놓았다.
"까불까불까불까불."
"알았어. 내가 잘못했어. 먹자, 좀. 너 지금 배고파. 내가 도청해서 알아. 너 어린애 아니라는 것도 다 들었어."
"까불까불까불까불까불."
"네 마음대로 해라."
나는 접시 위 작은 접시 위 더 작은 접시 위에 올려진 새 모이를 집어 먹었다. "나 임신했어."
남자 친구는 그 생각까지는 도청하지 못한 것 같았다.

슈베르트의 3음 친구들의 범행은 점점 대담해져 갔다. 이제는 언니의 집 안까지 침입했다. 외출하고 돌아와 보면 물건의 위치가 미묘하게 달라져 있었다. 사라진 물건이 없는 걸로 봐서 절도가 목적은 아니었다. 그들은 언니를 탐닉하고 있었다. 언니는 눈에 띄게 수척해졌고 핏기를 잃어버렸다.
언니가 대여해 준 왼손은 심각한 단조였다. 3음이 하염없이 자기 신분을 착각했다. 우리가 잠시 말을 잃은 사이 환상의 불협화음은 영원히 반복될 악몽처럼 계속되었다.

"이 나비 불치병에라도 걸린 걸까?"

"내가 학과장한테 얘기해 볼게. 어차피 휴학할 거니까." 언니가 왼손 조성을 메이저로 바꿨다. "네 선생 말이야."

"괜찮아. 이미 망했거든. 그리고 학과장도 분명 한패일 거야." 나는 점점 속도를 올렸다. 왼손도 쫓아왔다. 숨 가쁜 추격전이 시작되었다. "언니, 이 나비 아무래도 임테기 두 줄 나온 것 같아. 갑자기 너무 기뻐하네."

"돈 줬어?"

"아니." 나는 어깨를 으쓱했다. "에프 받지 뭐."

세상에서 가장 바쁜 나비의 날갯짓이 돌연 멎었다. 이리 날아왔구나. 오느라 애썼구나. 언니가 무슨 말을 꺼내려다 말았다. 물에 빠진 사람처럼 하흡, 하흡, 했다.

"아니. 아니. 아니. 아니야. 그러지 마."

"천천히 갚아도 돼. 오브리 해서 여윳돈도 생겼고."

옆 연습실에서 히스테릭한 비명이 들렸다. 머리를 건반에 처박는 소리가 이어졌다. 이미 죽은 리스트를 다시 죽이는 건 불가능하다는 걸 깨달은 모양이었다. 위클리 시즌이 다가오고 있었다. 다들 미쳐 가고 있었지만 다행히 나는 제정신이었다. 아예 시작도 안 했기 때문이다. 이제 아무도 시키지 않기에 혼자 알아서 해야 했는데, 당황스럽고 의욕이 나지 않았다. 남이 만든 곡을 왜 내가 연주해야 하는지 이해가 안 되었고, 몇 날 며칠 연습한 곡이 무대 위에서 십 분 만에 휘발되는 게 허무했고, 한번 첫 음을 내면 실수해도 바로잡을 수 없다는 게 무서웠다. 인생의 반을 그런 부조리 속에 살았는데 그 짓을 또 해야 했다. 하던 거라 했는데 여기까지 와 보니 왜 했는지 기억이 안 났다. 굳이 내가 아니어도 잘하는 사람은 차고 넘쳤다. 힘들고 어려운 건 이제 그만하고 싶었다. 리스트도 무덤 속에서 쉬고 싶지 않을까. 놓아주기를 바라지 않을까. 나는 클래식한 사람이 아니었다. 내게는 음악을 하지 않아야 할 백 가지 이유가 있었다.

"언니는 커서 뭐가 되고 싶어?"

언니가 입을 다문 채로 콧바람을 내며 웃었다. 어린이 동요집 악보가 펄럭거렸다. "되긴 뭐가 돼. 그냥 사는 거지."

"그럼 학교는 왜 온 거야?"

"피아노 배우려고."

"그렇구나."

언니는 옆방 미치광이가 계속 실패했던 부분을 트리플 러츠 트리플 토루프 콤비네이션 점프를 하는 김연아처럼 여유롭게 성공시켰다. 너머에서 정적이 흘렀다.

"그냥 해." 언니가 말했다. "생각하지 말고 그냥 해."

언니는 페달을 몇 번 의미 없이 밟았다. 그러더니 내 클래스 피아노 선생에게 갖다 바칠 코 묻은 돈을 자기가 내야 하는 이유에 대해 늘어놓기 시작했다. 완전히 엉망진창인 논리였다. 우리가 만약 뭐가 된다면, 나는 생각했다, 뭐가 되기 위해 사는 건 아니지만 그럼에도 열심히 살아서 운 좋게 뭐가 된다면, 아무리 아무리 잘돼 봤자……

"언니, 경찰에 신고하면 어때?"

"글쎄. 학과장한테 먼저 얘기하는 게 낫지 않을까. 그렇게 형편없는 사람은 아닐 거라고 믿어. 안 먹히면 교학처에 찌르는 방법도 있고." 언니가 윙크했다. "내가 해결해 줄 테니까 너는 걱정 말고 왼손 연습이나 하고 있어."

"아니, 그, 도청범 말이야. 이제는 주거침입범인가?

잡으면 잡아서 다행이고 아니면 아니라서 안심이고. 그러니까, 언니를 위해서."

언니가 측은하다는 듯 나를 바라봤다. 내게만 보여 준 눈빛, 나만 아는 눈빛이었다.

병원은 재개발구역의 난데없는 뒷골목에 있었다. 우리는 불륜하는 연인처럼 설렘과 두려움을 안고 그곳에 들어섰다. 의사 가운을 입은 할머니가 코팅된 그림을 모나미 볼펜으로 짚어 가며 실수를 없던 일로 하는 방법에 대해 설명했다. 고저 없는 목소리였고, 세상사에 아무런 관심이 없는 듯한 태도였다. 자궁 속 리틀 인간은 빛바래 있었다.

잠에서 깨어나서 나는 아랫도리를 만져 보았다. 수술할 때 입었던 꽃무늬 고무줄 치마 안으로 기저귀가 만져졌다. 침대에 전기장판을 깔았는지 등이 따뜻했다. 이불은 더러웠고 해져서 부드러웠다.

"잘 잤어?" 남자 친구가 내 머리를 쓰다듬었다. "더 누워 있어."

무슨 소리가 들려 눈이 떠졌다. 다시 잠들었던 모양이다. 그가 몸을 수그린 채 내 귓가에 무어라 속삭이고 있었다. 물속 공기 방울 같은 목소리였다. 나는 음성을 해독하려 애썼다. 예약 환자가 있어서 먼저 가 봐야 한다는 얘기 같았다. 수납은 현금으로 했고 택시비는 내 청바지 주머니 안에 있었다. "듣고 있어?"

나는 눈을 감았다.

"잘 올 수 있지?"

잠깐 조용했다. 해가 구름에서 벗어나는 게, 환해지는 게 느껴졌다. 접이식 의자가 삐걱거렸다. 문이 열렸다 닫혔다.

모르는 번호로 문자메시지가 와 있었다. 누구라는 얘기도 없이 시간과 장소만 적혀 있었다. 날짜는 없었으므로 오늘이라는 뜻이었다. 결석이었다. 나는 메시지 발신 시간과 보강 시간을 대조해 보았다.

집에 들러서 악기를 챙겨 나왔다. 얼마 전 가스실이 된 잿빛 방에서 그랬던 것처럼. 서초동까지는 15킬로미터쯤 되었다. 신선한 공기도 마실 겸 조금만 걷다가 버스를 타려고 했는데, 어쩐지 계속 걸어졌다. 해가 분노처럼 졌다. 가출 청소년으로 보였는지 승용차가 옆에 섰다가 화를 내며 떠났다. 먼지바람이 일었다. 몇 번 길을 잃었다.

법원과 터미널을 지나 예술의전당 근처, 악기상이 몰려 있는 거리에 다다랐다. 넓고 너그러운 이파리를 단 가로수가 거인처럼 죽 늘어서 있었다. 상점들은 닫혀 있었다. 나는 내가 왜 걸어왔는지 깨달았다. 가능하면 늦게 당도하고 싶었다. 허탕 치고 싶었다. 나는 신중하게 한 걸음씩 내디뎠다. 꽃잎 점을 치는 아이처럼, 마지막이 '사랑 안 한다.'일 때 꽃잎을 반으로 갈라 기어이 '사랑한다.'로 만드는 아이처럼. 거리의 끝에 다다랐을 무렵 불을 밝힌 상점이 보였다. 나는 마지막 잎을 반으로 가르지 않고 뗐다.

유리문에 매달린 종이 울렸다. 상자 속 물건을 정리하던 할아버지가 허리를 일으켜 세우며 이쪽을 봤다. 실내는 서늘했다. 건강에 좋지 않지만 기분은 좋게 만드는 새것 냄새가 났다. 관악기의 미덕은 빈티지가 없다는 것이었다.

"미안합니다. 문 닫았어요."

나는 엄지로 뒤를 가리켰다. "열리던데요."

진열장에 전시된 상품을 구경하며 악기 가방을 벗어 내려놨다. 무겁지 않았는데 벗으니 홀가분했다. 나의 은피리.

"학생이에요?"

"네."

"고등학생?"

"윽. 아니요."

가게 주인은 내가 왜 왔는지 바로 알아보았다. 생각을 듣는 그의 능력은 조금도 불법적이지 않았다. 주인은 얕은 서랍에서 돋보기안경을 꺼내 쓴 다음 플루트 헤드에 각인된 시리얼 넘버를 확인했다. "엔고 때 사서 엔저 때 파시네."

"재테크에 실패했네요."

"병원 먼저 가 봐야 하는 거 아니에요?" 주인이 금테 안경 위쪽으로 나를 힐긋 올려다봤다. "낯빛이 말이 아닌데. 사실 아까 학생 들어올 때 저승에서 데리러 온 귀신인 줄 알고 철렁했어요. 우리 엄마가 학생 나이 때 돌아가셨거든."

나는 청승맞은 머리카락을 묶었다. 방금 샤워한 것처럼 축축했다. "얼마나 받을 수 있을까요?"

주인이 위탁 가격과 매매 가격을 알려 주었다. 맡겨 놓고 새 임자가 나타날 때까지 기다리느냐 가게에 바로 넘기느냐의 차이였다. 감가상각은 불가피했다. 현미경으로 봐야 보이는 흠집 몇 개가 전반적으로 가격을 아쉽게 한 요인이었다. 할아버지의 돋보기안경은 성능이 매우 뛰어났다.

"지금 팔게요."

"급해요? 꽤 손해인데."

"가출했거든요. 집을 구해야 해요. 제 기저귀도 사야 하고요. 방금 중절 수술을 했는데 배가 너무 쑤셔요."

주인장이 안경을 벗고 나를 쳐다봤다.

"리코더도 파네요." 나는 진열장 한구석을 가리키며 말했다. 리코더는 머리부터 발끝까지 새하얬고, 섬세한 근육을 지닌 말을 연상시켰다.

"마음에 들어요?" 할아버지는 힘들이지 않고 눈가에 멋진 주름을 만들었다.

"예뻐요."

"그냥 가져가요."

제페토 할아버지는 리코더를 꺼내 건네주면서 잠깐 놀고 있으라고 했다. 전표에 메모를 하고 장부를 뒤적이고 계산기를 두들기고 거래처 김 사장 이 사장 박 사장과 통화를 하더니 잠깐 가게를 봐 달라고 하고 나갔다. 아내에게 전화해서 먼저 저녁을 먹으라고 일러두는 것도 잊지 않았다.

나는 리코더 설명서에 적힌 바로크식 운지법을 보고 스케일을 연습했다. 3옥타브에서 진을 빼다가 문득 너무 열심히 하고 있다는 생각이 들었다. 개 버릇 남 못 주는구나. 나는 설명서를 쓰레기통에 버렸다.

이건 아무렇게나 불어도 아무도 뭐라고 안 한다. 단골손님이 융과 거즈를 의아한 가격에 사 갔다. 가게를 물려받은 손녀딸로부터. 나는 카운터의 키가 크고 360도로 돌아가는 초코파이 같은 의자에 앉아 두 다리를 흔들고 빙글빙글 돌고 아무 음이나 냈다. 팔을 늘어뜨리고 가로등이 켜진 고즈넉한 거리를 바라봤다.

할아버지는 위탁과 매매의 중간으로 값을 쳐주었다. 한동안 맡아 둘 테니 마음이 바뀌면 찾으러 오라고 했다.

클래스 피아노 선생은 내가 한 주 동안의 결과를 선보이는 동안 보조 의자에 앉아 모바일 쇼핑을 했다. 운동선수들이 벤치에서 자주 하는, 양 무릎에 각각 팔꿈치를 괸 자세였다. 다리까지 떠니 완벽했다. 고색창연한 손톱이 스마트폰 액정을 톡톡 두들겼다. 향수 냄새는 잠이 올 정도로 지루했고 향수라는 것 말고는 아무것도 연상시키지 않았다. 그녀는 곡이 끝난 지 한참 뒤에야 갓난쟁이 딸내미에게 입힐 꼬까옷 후보에서 눈을 떼고 기지개를 켰다.

"많이 늘었네." 선생이 나비야를 허밍하면서 그랜

드피아노의 건반을 손등으로 훑었다. 폭탄도 아닌데 누르는 꼴을 못 봤다. 레슨실의 피아노도 연습실 업라이트와 마찬가지로 조율과 관리 상태가 참혹했다. 흰건반 하나는 푹 꺼져서 나올 생각을 안 했다. "거봐, 하니까 되잖아."

"나비야 아닌데요."

"응?"

"나비야 안 쳤다고요."

선생이 업신여기는 듯한 미소를 지었다. "누가 뭐래?"

"뭐 쳤는지 아세요?"

"뭐 쳤겠지."

"나비야 안 쳤어요. 떴다 떴다 비행기 쳤어요. 떴다 떴다 비행기 쳤다고요. 나비야가 아니라."

"그거나 그거나." 그녀가 컬이 들어간 머리카락을 한데 모아서 손 갈퀴로 빗었다.

나는 유치해지고 싶지 않아서 참았다. 목 안에서 탄산이 끓는 듯한 느낌이 들었다.

"보강은 왜 안 왔지? 스튜디오로 오라고 했잖아."

"일이 있어서요."

"나는 일 없었는데. 너 기다리는 것 말고는."

"일이 있었어요, 선생님. 정말 많은 일이 있었어요."

"누가 뭐래?"

"얼마예요?" 나는 떨리려고 하는 아래턱을 붙들었다. 애처롭게 나와 버린 목소리에 짜증이 났다. "얼마 드리면 되냐고요. 들어나 보게요."

선생이 눈을 활짝 떴다. 그러더니 피식 웃었다. "내 살다 살다 너 같은 애 처음 본다. 너는 네가 뭐라도 된다고 생각하지?"

"아니요. 저 뭐 아닌데요. 그냥 사람인데요."

레슨실에서 나오는데 누가 내 어깨를 붙잡았다. 슈베르트의 3음에서 자유로운 방랑객 역을 맡고 있는 폭주족 도련님이었다. "야, 너 울어?"

나는 콧물을 들이마시고 불청객을 노려봤다. 그가 두 손바닥을 보이며 뒤로 물러났.

이후의 나날은 진로를 예측할 수 없는 폭풍 속이었다. 나비와 비행기를 구분하지 못하는 자격 미달 음대 강사가 학교를 그만뒀다는 소문이 돌았다. 관둔 건지 잘린 건지는 확실하지 않았다. 과 내 분위기가 이루 말할 수 없이 흉흉했다. 분열과 의기투합과 언쟁과 중상모략과 암투와 익명 제보와 편먹기와 성명 발표와 물타기와 붕당정치와 사화가 벌어졌다. 가까웠던 사람이 속닥거리는가 하면 잘 모르는 사람이 팔짱을 껴 왔다. 그러는 동안 나는 여전히 모텔에서 지냈다. 남자 친구의 연락은 받지 않았다. 아마 의무적으로 몇 번 전화하다 말 것이다. 서울과 부산을 왕복하고도 남을 택시비는 그날 집에 두고 나왔다. 나는 기다렸다. 마침내 학과장으로부터 호출이 왔다.

교수 연구실에서 나오자마자 문자메시지가 왔다.
'괜찮냐?'
'응.'
'다행이다.'
'고마워.'
'오늘 뭐 해?'
'자퇴. 근데 누구세요?'

나는 연습실을 뒤지고 돌아다녔다. 조그만 창 안에서 언니가 내 위클리 곡 반주를 연습하고 있었다. 언니는 나를 발견하고 천천히 고개를 끄덕였다.

새로 임용된 강사는 더없이 훌륭한 인품의 소유자였고, 내 인생에 반짝반짝 작은 별을 수놓는 마법을 보여 주었다. 이렇게 신속히 교체가 이루어질 줄은 몰랐지만 쓸쓸해하는 건 기만이었다. 언니 말대로 학과장은 형편없는 사람이 아니었다. 그냥 좀 무신경할 뿐이었다. 온 세상이 호의적이고 웃는 얼굴만 보여 주는데 굳이 누구와 편먹을 필요가 없었다. 학과장은 아무것도 몰랐다. 그동안 얘기해 준 사람이 아무도 없었다. 무구함은 편리했다.

    나는 리코디스트로 다시 태어났기 때문에 더는 학교생활을 이어 갈 수 없었다. 사실 그 쇼핑 중독자는 죄가 없었다. 내가 딴청 부리기 위해 선택한 희생양에 불과했다. 어쩌면 제명되었어야 하는 건 나였다. 나는 전당포 할아버지의 명함을 가끔씩 지갑에서 꺼내 들여다봤다. 포화 속에서 꺼내 보는 홀어머니 사진처럼. 어떤 날은 번호를 눌렀고, 어떤 날은 통화 버튼을 눌렀고, 어떤 날은 신호음을 들었고, 어떤 날은 여보세요를 들었다. 할아버지는 스토커의 전화를 계속 받아 주었다.

    언니는 자주 결석했다. 전화는 받았지만 누군가를 의식하는 듯 불편해 보였다. 목소리도 점점 달라졌다. 안타깝지만 나는 언니처럼 대신 싸워 줄 수 없었다. 언니의 적은 익명이었다. 에이리언은 언니 뱃속에 있었다. 언니만 중절할 수 있었다.

    '자냐?' 목요일 청음 수업 때 옆자리 책이 내 책상

을 침범했다. 날개나 꼬리로 쓴 것 같은 글씨체였다.

나는 절대음감의 답안지를 베꼈다.

자기 자리로 돌아간 책이 다시 선을 넘어왔다. '누나가 너 잘 지내내.'

나는 다음 문제의 답을 베꼈다. '그래서?'

'걱정도 팔자라고 했지.'

'굿.'

쉬는 시간에 나는 벤치에 앉아 폐를 망가뜨렸다. 원시인처럼 불을 피우고 연기를 바라봤다. 화재는 언제나 해프닝으로 끝났다.

절대음감이 헬멧에서 제로 콜라를 꺼내 건넸다. 화수분이 따로 없었다.

"콜라 못 마시는데. 목 따가워서." 나는 캔 뚜껑을 땄다. "김 빼서 수정과처럼 마실게."

그는 배에 칼을 맞은 사람처럼 숨을 들이마시더니 고장 난 배수관 소리를 냈다. "왜 말 안 했어."

"안 물어봤잖아." 나는 캔에 적힌 성분표를 읽었다. 수크랄로스. "언니가 왜 내 안부를 너한테 물어봐?"

그가 어깨를 으쓱했다. "누가 알겠냐."

"너 다이어트해? 이거 좀 비겁하다."

"그날 처음 마셔 봤어. 너 악기 찐득거려질까 봐 그

랬지."

흡연을 마친 청음 교수가 부정행위를 하지 말라고 지적한 뒤 강의실로 들어갔다. 의미심장하게 느껴졌다. 볕이 따뜻해 졸음이 쏟아졌다. 어디선가 셔틀콕이 날아왔는데 아무도 찾으러 오지 않았다.

"리코더는 잘돼 가?" 승완이 물었다.

"그냥 하는 거지 뭐." 나는 콜라를 한 모금 들이켜고 일어섰다. 못 견딜 정도로 따갑지는 않았다.

나는 모텔 생활을 청산하고 청교도주의자의 하숙집에 들어갔다. 즐거운 나의 집이었다. 그곳에서 나는 아침에 일어나고 저녁에 잠들었다. 하루에 세 번 밥을 먹었다. 일어나서는 꼭 이불을 갰고 자기 전에는 꼭 이를 닦았다. 과체중의 하숙집 아주머니가 마당에서 줄넘기하는 모습을 마루에 걸터앉아 구경하며 매일 리코더를 불었다.

'구매자 내방. 연락 요망.'

리코더가 아니었더라면, 이제 와 나는 가끔 생각한다, 그 희고 아름다운 장난감이 아니었더라면 그런 용기는 내지 못했을 거라고.

"나야. 잘 지내?"

"언니 대변인으로 바쁘게 활동하고 있지. 어떻게 된 거야. 어디 숨었어?"

"스터디는 잘 하고 있어?"

"그런 거 안 하는데."

"그으래?" 너무 많이 덧발라 울어 버린 수채화 같은 목소리였다. "의외네."

"벌써 내려간 거야? 어디랬더라……."

"쉿."

"아, 아, 으응. 미안. 근데 언니 미안한데, 나 급하게 연락할 데가 있어서. 내가 십 분 뒤에 다시……."

"아니. 잠깐이면 돼."

나는 수화기에 귀를 밀착했다. "언니 지금 어디야? 화장실이야? 목소리가 울려."

"그러는 너는 어딘데? 틱틱거리는 소리 뭐야?"

"하숙집이야. 아주머니가 줄넘기하고 계셔."

언니가 나직하게 내 이름을 불렀다. 그러고는 말이 없었다. 너머는 완벽하게 조용했다. "리코더는 재밌어?"

"리코더?" 나는 허벅지에 올려 둔 리코더를 내려다봤다. 침방울이 시멘트 바닥에 떨어지면서 아주머니의 발밑과 비슷한 모양으로 번졌다. 아주머니는 메트로놈처럼 일정하고 침착하게 땅을 울리고 있었다. 한 번도 걸리지 않고 줄을 백 번 넘을 줄 안다는 자부심으로 그녀는 살았고, 살아 나갔다. 조금의 흠도 모자람도 없는, 아무런 의심도 깃들지 않은 자부심이었다. 나는 리코더 취구의 오목한 부분을 엄지로 쓰다듬었다. "나 되게 잘 분다. 소질 있는 것 같아. 이제 무슨 곡까지 연주할 수 있냐면……."

언니가 섬뜩하게 코웃음을 쳤다.

"설마." 나는 반사적으로 눈을 감았다. "장난하지 마, 언니."

언니의 주장에 따르면, 슈베르트의 3음 배후에는 내가 있었다. 내가 언니를 엿듣기 위해 처음부터 계획적으로 그들을 구성하고 사주하고 조종했다. 내가 언니를 가지고 놀았다. 언니의 영혼을 파괴하며 즐거워했다. 부인하지 못할 확실한 증거가 있었다.

"리코더." 언니가 또박또박 말했다.

통화중대기 신호가 울렸다. 너무 많이 봐서 그림처럼 되어 버린 번호, 읽지 않아도 일 초 만에 알아볼 수 있는 번호였다.

"언니, 나중에 통화하자. 나 지금 전화받아야 돼."

"누군데?"

"말하자면 길어. 나중에 얘기해 줄게."

"누구야?"

나는 핸드폰 화면을 확인했다. 기회가 언제까지 인내심을 가져 줄지 가늠할 수 없었다. "누구냐면……."

"거기 누구예요?"

메트로놈이 백을 세고 멈추었다. 구조 신호가 사라질 듯 깜빡거렸다. 우리는 잠시 서로의 숨소리에 귀 기울였다. 도청자는 기다리고 있었다. 망상이라고 불리기를.

우아한 유령

보라는 팔자걸음이었다. 무용수라는 증거였다. 한 번도 춤을 춰 본 적은 없지만. 난잡한 삶의 결과로 얻은 걸음걸이는 아니었다. 그건 확실하다. 왜냐하면 아주 어릴 때부터 그렇게 걸었기 때문이다. 어릴 때 보라의 숙모가 보라를 보도블록 가장자리에 서게 한 적이 있다. 왜 엄마가 아니라 숙모냐 하면…… 왜 엄마여야 하는데?

 붉은색 회색 벽돌이 지그소 퍼즐처럼 섞인 보도였다. 한 가지 색깔만 밟는 걸 좋아했다. 실수로 다른 색을 밟으면 원래 정한 색을 반드시 그만큼 더 밟았다. 붉은색을 밟으면 붉은색 느낌이 났다. 회색을 밟으면 회색 느낌이 났다. 눈을 감고도 맞힐 수 있었다. 좁고 기다란 연석은 벽돌들의 가장자리에서 인도와 차도의 경계를 나누었다. 저 끝까지 이어져 있었다. 소실점이라는 말은 몰랐다. 일곱 살인가 그랬다.

낭떠러지라고 생각해. 떨어지면 죽는 거야.

숙모는 보라에게 많은 걸 알려 주었다. 경양식집에서 돈가스 옆에 야구공 모양으로 담겨 나온 얄궂은 밥을 포크로 안 흘리고 뜨는 방법: 꾹꾹 눌러서 납작하게 만든 다음 뜨기. 일자로 걷는 방법: 연석 따라 걷기. 거시기를 부르는 방법: 나비. 숙모는 사촌 언니의 가랑이는 손으로 박박 문질러 씻겼지만 보라의 나비에는 물만 끼얹었다. 연석 위에 두 발을 모으고 선 채로 오줌을 싼 뒤였다.

그날 보라는 사촌 언니와 몸싸움을 했다. 자개장롱 모서리에 이마를 찧었다. 사촌 언니가. 숙모는 보라에게 괜찮다고 했다. 좀 이상한 위로였다. 숙모는 삼촌이 퇴근해 귀가할 때쯤 둘 다 무릎 꿇고 손 들게 했다. 둘은 벌서는 시늉을 했다. 어쩌면 한 사람만. 삼촌은 관심도 없었다. 삼촌은 유한킴벌리에서 일했다. 집에 월급 대신 받은 기저귀며 화장지가 잔뜩 쌓여 있었다. 벽지 무늬가 뭐였는지 아무도 기억하지 못했다. 남의 뒤치다꺼리하는 물건들. 태생적으로 구역질 나는 것들. 삼촌이 두 여자애를 한번 흘깃하고 방으로 들어가자 숙모는 윙크하며 이제 됐다는 신호를 줬다. 세월이 흐른 뒤 사촌 언니를 만날 때면 눈썹 사이의 흉터가 먼저 보였다. 가슴이 미어졌다.

  보라는 무용수답게 팔다리가 길었다. 발도 컸다. 보라의 발을 보면 다들 한마디씩 했다. 키가 크겠네. 실제로 밤마다 뼈가 자라는 소리가 들렸다. 살갗이 속도를 못 따라갔다. 사지가 저려 엉엉 울다 응급실에 실려 간 적도 있었다. 붉은색 회색 벽돌이 저 아래로 허물어지는 꿈을 꾸곤 했다. 떨어지는 꿈. 뒤섞인 퍼즐 조각을 다시 맞출 방법은 없어 보였다. 규칙이랄 게 없었다. 인부 마음이었다. 울면서 깼다.

  낭떠러지 꿈에서 깨 보면 손이 하얘지도록 주먹을 쥐고 있었다. 기필코 붙잡고 싶었는지 기어이 붙잡기 싫었는지는 알 수 없었다. 붙잡을 게 자기밖에 없었든지. 꿈을 안 꿀 때도 주먹을 쥐었다. 손바닥에 초승달 모양 손톱자국이 굳은살로 박였다. 누가 알려 줘서 알았다. 그걸 알려 준 사람은 재호였다. 재호는 문득문득 보라의 손을 펴 줬다. 길을 걸을 때, 밥 먹을 때, 텔레비전을 볼 때, 잘 때, 할 때. 모르는 사이에. 보라는 아, 하고 자기 손을 내려다봤다. 아.

 재호를 만나기 훨씬 전, 손가락이 펼쳐지는 느낌에 잠에서 깨어난 적이 있다. 아버지일 리 없었다. 아버지였다. 아버지는 주가조작 혐의가 인정되어 투옥 중이었다. 바이오 작전주와 대선 테마주가 사이좋게 곤두박질치며 서른네 명이 자살한 사건이었다. 아버지는 산책하듯 탈옥하는 것으로 유명했다. 실로 여러 사람을 엿 먹였다. 아버지는 잦은 산책으로 애초에 길지 않았던 형을 열 배 가까이 늘렸다. 혼백이 되기 전에는 나올 방법이 없어 보였다. 인터뷰에서 기자가 비결을 묻자 그는 대답했다. 나갑니다. 그리고 걷습니다. 아버지는 칸트라는 귀여운 별명을 얻었다. '3시 반'이라는 이름의 팬클럽도 있었다. 새벽 3시 반이었다. 아버지는 그날 새벽 보라를 만난 이후로 더는 산책하지 않았다. 누구도 엿듣지 못하게, 어떤 흔적도 남기지 않고, 긴급히 전해야 할 말이 있었던 것이다.

 요행하게도 그날 보라는 먼젓번처럼 삼촌 집이 아니라 자기 방에 있었다. 엄마가 에쿠스를 타는 소스 공장 아저씨와 결별한 뒤였다. 그즈음 엄마는 크게 낙심해 있었다. 소스 공장 아저씨가 두 번째 결혼으로 아들을 낳은 터였다. 그전까지는 자식이 없었다.

엄마는 공수표를 잘 믿는 편이었다. 아저씨는 자기 유산을 보라에게 주겠다는 기약 없는 말로 엄마를 꼬셨었다. 여러모로 낭패였다. 아저씨는 재혼한 부인과 잘 맞지 않았다. 엄마의 관심을 끌기 위해 홧김에 한 결혼이었다. 다 늙은 나이에 괜히 고추 달린 갓난쟁이만 떠안게 되었다. 엄마는 정신이 번쩍 뜨였다. 남동생네 잠시 맡겨 두었던 딸을 기저귀와 화장지 더미에서 찾아내 집으로 데리고 돌아왔다.

아버지는 보라에게 귓속말했다. 어떤 주소였다. 훗날 전국의 가짜 심마니들이 작대기로 땅을 쑤시고 다니며 찾아 헤맬 주소였다. 엄마가 자기보다 많이 어리고 딸보다 약간 나이가 많은 진정한 사랑과 함께 파두를 들으러 포르투갈로 떠난 뒤에. 외울 수 있겠니? 아버지가 물었다. 보라는 비몽사몽간에 고개를 끄덕였다. 눈을 감는 즉시 까먹었다. 보라는 머리가 나빴다.

대부파출소는 전에 없이 바빴다. 멧돼지가 출몰한다는 신고가 하루에 한 번꼴로 들어왔다. 헬스장 아니면 잠, 잠 아니면 헬스장이었던 일과에 난데없이 멧돼지였다. 좌천되어 와신상담하거나 요양을 위해 자발적으로 전입해 온 자들은 귀찮아 죽을 지경이었다. 신입 순경에게 러브샷을 제안했다가 견책 처분을 받고 대부도로 유배 오게 된 팀장이 재호에게 멧돼지 건을 전담시켰다. 지난번 '어쩌라고요 씨발.'에 대한 대가였다.

대부도는 서울에서 가까운 바다라는 점 말고는 별로 내세울 게 없는 섬이었다. 헤엄치는 바다가 아니라 구경하는 바다였다. 다들 그날 왔다가 그날 돌아갔다. 뜨내기를 등쳐 먹는 것으로 악명 높았던 횟집들은 인터넷의 발달로 대부분 쇠락했다. 카페만 성업했다. 카페, 카페, 카페였다. 카페 주인들은 영업이 끝나면 셔터를 내리고 도심으로 돌아갔다. 밤이 되면 무인도나 다름없었다. 재호 역시 대부도에 살지 않았다. 뭍에서 출퇴근했다. 160까지 밟으면 한 시간 안에 주파가 가능했다. 1년에 3만 킬로미터를 탔다. 커브 길이 잦았다. 속도를 줄이지 않았다. 근무지로 서울은 인기가 없었다. 지방의 경쟁률이 더 셌다. 대부도는 지방이 아니었다. 서울 아닌 곳이었다. 이도 저도 아니었다.

그날 왔다가 그날 안 가는 사람도 있었다. 자살이 많았다. 자살자들은 경치 좋은 곳에서 분위기 있게 죽고 싶어 했다. 신고는 많지 않았으나 일단 떴다 하면 십중팔구 변사 사건이었다. 팀장은 괜히 바닷가로 왔다며 투덜거렸다. 밥맛 떨어지게. 심약하고 겁 많은 걸 감추기 위해 부러 그런 식으로 말했다. 재호는 바들바들 떠는 팀장을 밀치며 시신을 확인했다. 나와요. 아 나오라고요.

전에 재호는 이주노동자들이 밀집해 사는 지역에서 근무했었다. 무력으로 다루어도 뒤탈이 없었다. 실제로 팬 적은 없었다. 그냥 그래도 된다고 생각하는 것만으로도 기운이 솟았다. 내가 왜 네 선생님이야? 하고 달려드는 깡패 같은 사장이 있었다. 임금 체불 건이었다. 재호는 말없이 테이저 건을 쐈다. 사장은 껄껄 웃으며 재호를 동생이라고 불렀다. 언제 만나서 빵을 먹자고 했다. 요 앞 파리바게뜨에서. 그날 '민중의 지팡이가 아니라 민중의 몽둥이인가요?'라는 제목의 글이 국민신문고에 올라왔다. 재호가 대부도에 오게 된 이유였다.

"어이," 팀장이 재호를 불렀다. "오늘은 멧돼지 꼭 잡아 와라."

재호는 기지개를 켰다. 지뢰찾기 게임을 종료하고 일어났다.

팀장은 조서를 꾸미는 중이었다. 벌써 세 번째 출석이었다. 뚱뚱한 아줌마가 접의자에 앉아 고개를 수그린 채 기어들어 가는 목소리로 대답하고 있었다. 솥에 기름을 올려놓고 재료를 사러 나갔다가 집을 불태운 아줌마였다. 그녀의 체형이 팀장의 심기를 거스른 게 분명했다. 기름이 아니라 물을 올렸더라면, 튀김이 아니라 차를 먹으려는 거였더라면, 뚱뚱하지 않았더라면 진작 실화로 종결시켰을 일이었다. 혹은 공짜로 노닥거리고 싶었든지.

"누가 집에서 튀김을 해 먹느냐고요, 예?"

그날 재호는 여섯 시간 순찰과 잠복 끝에 멧돼지를 잡았다. 젖은 흙냄새. 사람이었다. 작대기를 들고 귀신 같은 몰골로 숨을 헐떡이는 여자. 왜 남의 밭을 뒤엎고 있느냐는 물음에 그녀는 대뜸 자기 아버지 이름을 댔다. 어쩌라고, 싶었다. 내가 누군지 알아? 운운하는 종류의 인간인가 싶었다. 그러다 머릿속에서 플래시가 터졌다. 형법 기출문제에도 실린 유명한 양반이었다. 그림이 그려졌다.

"그 얘기 지금까지 누구한테 한 적 있어요?"

"네."

"누구요?"

"전부 다요."

재호는 이마를 짚었다.

둘은 2년 남짓한 시간 동안 섬의 논밭과 야산을 수색했다. 어차피 할 일도 없었다. 다마고치, 플라스틱 뚜껑, 상평통보, 닭 뼈, 조개껍데기, 타임캡슐, 도자기 조각, 탄피, 기타 등등, 기타 등등이 발굴되었다. 보라의 여관 달방 창틀에 올려 두었다. 임시적이고 유예적인 삶의 한구석에. 힌트처럼. 보라는 무얼 찾는 사람처럼 보이지 않았다. 운동하러 나온 사람 같기도 했고 시간을 날리려고 작정한 사람 같기도 했다. 자기 묫자리를 알아보러 다니는 노파. 칼춤을 추는 무희. 시시포스. 소작농. 도굴꾼. 수인. 외면하고 싶던 생각이 슬그머니 재호의 뇌리를 스쳤다. "혹시 제부도 아니야?"

"아." 보라가 대꾸했다.

한국은 자격지심의 나라였다. 어른에게 칭찬받고 싶어 하는 어린애 같은 나라. 어쩌다 한 번 예외적인 인물이 나오면 난리법석을 떨었다. 슈투트가르트 수석 발레리나의 발 사진은 많은 사람에게 감동을 주었다. 아시아 최초라고 했다. 혹사당해 물집이 잡히고 뼈가 변형된 그 발을 보고 아름답다고들 했다. 춤은 춤이고 발은 발인데 말이다. 양심은 있는지 예쁘다고는 안 했다.

보라는 한여름에도 발목을 덮는 양말을 신었다. 팬티는 깜빡해도 양말은 꼭 챙겨 신었다. 발이 너무 큰 데다 예뻤다. 예쁘려면 작아야 했다. 크면서 예쁘면 징그러웠다. 어딘가 잘못되었다는 인상을 주었다. 앞뒤가 안 맞는 거짓말처럼. 양말을 신었다. 용감해졌다. 걸음에도 양말을 신길 수 있었더라면. 보라는 누군가 걸음걸이를 지적할 때마다 공격당하는 느낌을 받았다. 하지도 않은 거짓말을 들킨 기분이었다. 그래서 거짓말을 했다. 발레를 하거든요. 듣는 사람을 기쁘게 하는 거짓말이었다. 맞죠? 어쩐지.

"왜 안 배웠어?" 언젠가 재호가 물었다. "잘 출까 봐 안 배웠어?"

재호는 모르는 게 없었다.

잘 출까 봐 안 배웠어? 보라는 그 말을 창틀 위에 올려 두었다. 이모저모 살펴봤다. 맞는 말이었다. 잘 출까 봐 무서웠다. 정말 그랬다. 보라는 자기가 춤을 추면 세상이 큰일 날 거라고 생각했다. 혹은 자기 자신에게 잊지 못할 물결이 일 거라고. 영원히 지워지지 않을 무늬가 새겨질 거라고. 보라는 땅에서 나온 환타 병뚜껑을 만지작거렸다. 톱니의 개수는 스물한 개였다. 창틀이 잡동사니로 북적거렸다. 다 갖다 버려야지.

보라는 눈을 가느스름하게 뜬 채 다른 기억에 집중했다. 발레를 해요. 재호의 부모님에게 그 말을 한 게 누구였는지. 재호였는지 자기였는지. 대부도는 거쳐 가는 곳이었다. 언제 떠날 생각이냐고 물었고, 정말 궁금해서 물었는데, 그러니까 재호가 잘 출까 봐 안 배웠어? 물었듯이. 궁금했을 뿐인데 재호가 무슨 말인가를 했다. 좋을 대로 하라고 대답했는데 정신을 차려 보니 그의 부모님을 뵙고 있었다.

상견례 비슷한 걸 한 날 재호의 어머니는 보라의 사촌 언니를 마음에 들어 했다. 아니, 친언니를. 그분들은 보라를 차녀로 알고 있었다. 삼촌과 숙모는 바깥사돈과 안사돈으로. 나중에 다 얘기할 작정이었다. 누구의 작정이었나. 그것 역시 기억해야 할 문제였다. 머리에 쥐가 날 것 같았다. 대부도. 제부도……제주도?

그날 사촌 언니는 보라가 몸통만 두 번 앙앙 깨물고 뱉은 게장을 가져가 다리를 씹었다. 엉겁결이었다.

습관이었다. 삽시간에 분위기가 얼어붙었다. 재호의 부모는 왜 땅딸막한 세 사람이 보라에게 죄라도 지은 양 쩔쩔매는지 알 수 없었다. 왜 눈치를 보는지. 저 별 볼 일 없는 계집애는 왜 어른 무서운 줄을 모르는지. 특히 경우가 바른 안사돈이랑은 닮은 구석이 하나도 없었다. 외모도 그랬다. 화풍이 다른 그림 같았다.

"그 아가씨 딱 부러지더라." 다음 날 재호의 어머니는 아들에게 전화해 다짜고짜 화내듯 말했다. "언니라는 아가씨 말이야. 이마 흉은 치료하면 되고. 앞머리를 내리든지. 학교 선생이라지?"

그런 좋은 신붓감을 놓친 게 보라 탓이라는 투였다. 억지라는 건 어머니가 더 잘 알았다.

"엄마, 저 근무 중이에요."

재호는 편의점을 돌고 있었다. 멧돼지가 사라진 자리에 고양이였다. 어딜 가나 그놈의 고양이가 문제였다. 길고양이는 법적으로 야생동물이었다. 아무도 그렇게 생각을 안 했다. 누구는 살리고 싶어 했고 누구는 죽이고 싶어 했고 누구는 살리는 사람을 죽이고 싶어 했다. 도무지 타협이 안 됐다. 신념에 가까운 문제였다. 오늘은 밖에서 기르는 고양이를 누가 훔쳐 갔다는 신고였다.

"보라 걔는 키만 컸지 애가 좀……" 어머니가 말을 골랐다. "그늘져."

재호는 세븐일레븐 대부점의 포스를 확인하며 그날 깔깔대며 웃은 게 보라밖에 없었다는 사실을 상기했다. 그늘. 깔깔대는 그늘. 아르바이트생이 공손하게 옆으로 비켜서 있었다. 귀에 이어폰을 꽂은 손님이 핸드폰 화면에서 시선을 떼지 않은 채 던힐을 달라고 했다.

"로얄캐닌, 이거 고양이 사료 맞죠?" 재호가 아르바이트생에게 물었다. 그리고 손님에게 명령했다. "고딩 너는 밖에서 기다려."

재호는 결제 시각과 카드 번호를 메모했다.

"고양이라니." 수화기 너머에서 어머니가 말했다. 암 선고라도 받은 것처럼. "폐도 안 좋은 애가. 너 찬물 안 마시지? 큰일 난다. 고양이는 보라가 키우자던? 혹시 너희 같이 사니?"

"아니요. 아니요. 네."

"뭐가 아니요고 뭐가 네야." 어머니가 씩씩거렸다. 거의 울려고 했다. "여자애 걸음걸이가 그게 뭐야. 언니라는 아가씨는 똑바르게 걷던데. 똑 부러지고."

"끊을게요."

재호는 카드 주인의 주소를 찾았다. 원룸 건물이었다. 기르는 고양이인 줄은 몰랐다고 했다. 길고양이인 줄 알았다고 했다. 사료를 사러 나간 사이 도망갔다. 고딩도 편의점에서 도망갔다. 다 도망을 못 가서 안달이었다. 재호는 건물 주변을 대충 둘러보고 복귀했다. 기르는 고양이. 길고양이.

밤의 바닷물이 타르처럼 번들거렸다. 물비늘에 천 개의 달이 떴다. 주인 없는 배에 탔다. 선창이 박살 나 있었다. 군데군데 칠이 벗겨져 있었다. 선미의 밧줄 무더기에 기대 누웠다. 너울거리고 흔들거렸다.

"그 얘기 해 줘."

보라는 집을 태워 먹은 아줌마가 네 번째 출석 때 팀장 얼굴에 튀김을 집어 던진 일을 재밌어했다. 매번 처음 듣는 것처럼 웃었다. 바보같이 실실거렸다. 바보인 척. 하여튼 온통 거짓말. 보라의 생존법을 재호는 알았다. 재호가 안다는 걸 보라도 알았다. 둘 다 모르는 척했다. 으히히.

보라가 뱃전에 폴짝 뛰어올라 팔을 벌리고 섰다.

"나 평균대 선수였어."

"내려와. 위험해."

"나 수영 선수였어." 한 발 내디뎠다. "발이 되게 컸거든. 키도 크고. 다 컸어. 가슴도 크잖아. 으히히."

"내려와." 재호가 일어나 손을 뻗었다. "나 수영 못해. 못 구해 줘."

파도의 잔상에 배가 기울었다. 둘은 같은 방향으로 비틀거렸다. 머리 위로 갈매기가 맴을 돌았다. 보라는 팔을 내리고 눈을 감았다. 한 발 더 내디뎌 발을 정연히 모았다. 연석 위였다. 평생 끝날 것 같지 않은 좁고 기다란 돌. 인도의 붉은색 회색 벽돌과 차도의 콘크리트가 양옆에서 갈라지며 부서져 내렸다. 고요하고 느리게. 끝 간 데 없이. 낭떠러지였다.

재호가 보라의 허리를 기습적으로 붙잡았다. 빙글 돌아서 밧줄 위로 같이 풀썩 넘어졌다. 먼지가 피어올랐다. 둘은 켈록거렸다. 재호가 보라의 주먹을 폈다. 미안해, 말했다.

"나는 주가가 높았어." 보라가 말했다.

서른네 명을 죽일 만큼. 보라는 아버지 때문에 헤아릴 수 없이 많은 곤경을 겪었다. 피해자들. 피해자의 가족들. 아무것도 모르는 어린애에게 화풀이해야 직성이 풀렸던 사람들. 발길질로 하는 노크. 괜히 자기 다리만 다치게 하는 노크. 운명은 언제나 네 번 노크하며 찾아왔다. 쾅쾅쾅쾅. 그들을 몰락시킨 건 다름 아닌 그들의 희망이었다. 상상력이었다. 보라는 분했다. 무섭고 피곤했다. 그러나 살아가려면 아버지가 필요했다. 3시 30분. 마지막 산책. 그 주소. 기억만 해낸다면. 다들 보라를 데려다 키우려고 했다. 작은 목소리에도 귀 기울였다. 영리해지는 약을 먹었다. 술을 먹였다. 안달복달했다. 그러다 눈알을 굴리며 의심했다. 진짜 들었나. 그 사기꾼이 감옥에서 걸어 나와 보라를 찾아갔나. 왜 아내가 아니라 딸에게 말했나. 파두인지 뭔지를 듣겠다고 젊은 남자와 포르투갈로 달아난 게 아무래도 영 수상했다. 다들 허상을 붙들고는 북 치고 장구를 쳤다. 막 화를 냈다. 보라의 머리는 안갯속이었다. 재채기가 나올 듯 말 듯 한 표정으로 사람 복장을 터지게 했다. 천기누설. 불립문자. 슈뢰딩거의 고양이. 어딜 가나 그놈의 고양이가 문제였다. 재호도 한때는 궁금해했다. 지금은 아니었다. 2년 동안 섬 전체를 수색하며 서서히 깨달았다. 맹세하면 믿을까. 어떻게 맹세해야 믿을래.

"그 아줌마 튀김 던지면서 뭐라고 했게?" 재호가 얘기를 이었다. "자기가 튀긴 거 아니래. 솥이 다 불탔대. 잘하는 가게에서 사 왔대. 궁금하면 주워 먹으라더라. 맛있다고."

보라가 데굴데굴 구르며 웃었다.

얼마 전 재호는 락스를 가지러 창고에 갔다가 묘한 광경을 보았다. 팀장이 아줌마와 엎치락뒤치락하고 있었다. 싸우는 줄 알았는데 아니었다. 사랑해, 너 때문에 돌겠어, 돌아 버리겠어, 이런 소리도 들렸다. 빗자루가 쓰러졌다. 선반에서 물건이 쏟아졌다. 진도 6.1의 강진이 지나간 것처럼.

"보라야."

"응."

"너 가슴 안 커. 말하자면 좀 작은 편이야."

"아."

보라는 수평선을 바라봤다. 유서 깊은 풍경을. 모두가 사랑하는 지긋지긋한 풍경이었다. 저 아래 금은보화가 담긴 범선이 침몰해 있었다. 다 같은 생각을 했다. 찾기만 하면. 그러나 찾는 사람은 아무도 없었다. 찾을 의지도 없어 보였다. 바다가 너무 넓었다. 너무 넓어서 보물선은 없는 거나 다름없었다.

"보라야."

"응."

"너희 아버지 출소해. 다음 달."

우아한 유령

춤이라기보다는 뒤뚱거림에 가까웠다. 딸아, 댄스를 추자. 춤이라고 안 하고 댄스라고 했다. 아버지는 보라에게 존경을 끌어내는 방법을 알고 있었다. 유식해 보이기. 손쉽게도. 아버지는 자기 발에 보라의 발을 하나씩 얹고 뒤뚱거렸다. 음악은 없었다. 그래도 들렸다. 두 박자로 된 춤곡의 이름은 래그타임이었다. 아버지는 왈츠를 혐오했다. 증오했다. 발이 두 개인데 세 박자 춤을 추는 건 이치에 맞지 않았다. 쉽게 가자. 그런 사람이었다.

보라는 무용수였지만 자기 발로 춤춰 본 적이 없었다. 아버지의 발 위에 가만히 서 있으면 춤이 알아서 춰졌다. 세상을 날로 먹었다. 먹을 수 있을 때 많이 먹어 두어라. 호시절은 돌아오지 않아. 아닌 게 아니라 발이 더 커지면 할 수 없는 일이었다. 그때 올라가면 춤이 아니라 씨름이 될 것이다. 꼴불견일 것이다. 엄마는 균형을 잃곤 하는 부녀를 보며 말했다. 염병하네. 행복할 때 자주 하는 표현이었다.

반투명한 여관 창문을 자동차 전조등이 날름거리고 지나갔다. 박쥐처럼 커다란 나방이 몸을 부딪쳤다. 누가 걸었는지 모를 달력이 지난 세기에 멈춰 있었다. 둘째 주 화요일에 동그라미가 그려져 있었다.

무슨 날이었을까. 브라운관 텔레비전에 먼지가 내려앉았다. 뉴스를 안 본 지 너무 오래되었다. 재호와 노는 게 더 재밌었다. 유명한 탈옥수는 이제 모범수이자 정권의 희생양으로 거듭나 있었다. '칸트는 죄가 없다.' 청와대 청원에 20만 명이 동의했다. 정권이 바뀌며 주가조작이 재평가받았다. 해석의 차이였다.

아버지가 나오면, 보라는 거기서 생각을 고쳐먹었다. 고개를 저었다. 창틀에 예쁘고 뾰족한 쓰레기들이 반짝거렸다. 그로모아 샹들리에를 만들 수도 있을 것 같았다. 매달려면 넓은 홀이 필요할 것이다. 바니시를 바른 마룻바닥. 그랜드피아노. 천장까지 이어진 긴 창문. 바람에 부푸는 무거운 커튼. 달고 비린 정향 냄새. 낱장으로 흩어지는 악보. 저 혼자서 눌리는 건반과 페달. 거대한 샹들리에가 머리 위에서 흔들렸다. 연노랑 시폰 드레스의 자락이 종아리를 휘감았다가 흩어졌다. 눈을 떴다. 세 평짜리 여관방이었다.

여관 주인은 방에 몰래 들어와 보라가 어떻게 살고 있나 살펴보곤 했다. 살펴보다 구경했다. 양심의 가책은 없었다. 감시해야 했으니까. 바닷가 여관에서 벌어지는 흔한 일을. 조금만 방심하면 번개탄을 피우는 일이 부지기수였다. 그래서 좀 과도하게 뜯어봤다.

콘돔은 좋은 신호였다. 골판지나 다름없는 벽 덕분에 알게 된 약간 색다른 취향도 있었다. 잘못했어요. 이를테면 그런 거. 알 만했다. 창틀 위에 늘어놓은 물건 같은 취향. 쓰레기 같은. 흙이 묻지 않은 건 자개가 유일했다. 이곳 물건이 아니었다.

사촌 언니는 앞머리를 내리지 않았다. 보란 듯이 이마를 까고 다녔다. 레이저 치료도 안 했다. 10만 원이면 살을 차오르게 할 수 있다던데. 사촌 언니는 외모에 무관심했다. 어차피 내 눈에는 안 보여. 언니는 거울을 안 봤다. 책만 봤다. 공부를 잘해서 학교 정문에 플래카드가 몇 번 걸렸다. 언니는 보라에게 잘해주었다. 자기 옷을 입어도 뭐라고 안 했다. 보라는 언니가 무심결에 미간을 긁을 때면 가슴이 철렁했다. 무심결. 그게 언니의 무기였다. 형편이 어려워진 삼촌과 숙모가 죽네 사네 해도 자기 할 일을 했다. 백 년을 써도 다 못 쓸 화장지, 아무짝에도 쓸모없는 기저귀에 질식할 법도 했건만. 월급 대신 그런 걸 받아 왔다. 먹을 수도 없는 것을. 보라는 언니가 부러웠다. 그렇지만 언니가 되고 싶지는 않았다.

너도 마찬가지야. 보라 옆에 사촌 언니를 벌세우면서 숙모는 그렇게 말했었다. 삼촌을 관객으로 한 소극이었다. 그다지 훌륭한 연기는 못 되었다. 마찬가지. 생전 처음 들어 보는 괴상한 단어였는데, 무슨 뜻인지 바로 알아차릴 수 있었다. 보라는 삼촌 집에서 나올 때 장롱에 박힌 자개를 하나 깨서 주머니에 넣었다. 도둑질이라고는 생각하지 않았다. 깨져서 떨어진 걸 주운 것이었다. 기념품이었다. 해석의 차이였다.

"댄스를 춰요." 마침내 보라는 마음을 정했다.

재호는 기동대 동기와 부두를 순찰했다. 지리도 알려 줄 겸. 재호보다 세 살인가 어렸다. 진급시험을 봐서 직급은 높았다. 이번 발령에 대해 억울해하지 않는 게 인상적이었다. 여유가 있었다. 둘은 시내 헬스장에서 벤치프레스 중량 내기를 했다. 권이 만 원 땄다. 샤워하고 나와 아이스 아메리카노 두 잔을 사 내기에서 딴 돈을 다 썼다. 몇 모금 빨았을 뿐인데 얼음만 앙상하게 남았다. 둘은 인적 드문 곳에서 오줌을 쌌다. 차에서 한숨 자고 일어나니 개운했다.

가게들이 하나둘 간판 불을 밝혔다. 눈을 멀게 할 것 같은 광량의 전구였다. 긴 방수 앞치마와 장화 차림의 상인들이 호객을 했다. 등대는 조형물이었다. 기능은 없고 낭만만 있었다. 시에서 딱 책잡히지 않을 정도로만 예산을 써 꾸몄다. 뜻밖에도 SNS 포토 스폿으로 인기를 끄는 모양이었다. 연인들이 바닷바람을 맞으며 인위적인 자세를 취했다. 사진을 확인하고는 다시 같은 자세를 반복했다. 한쪽이 지치면 다른 한쪽이 북돋았다. 바다에 어선 몇 척이 돌아다녔다. 교복 입은 애들이 테트라포드 위를 걸었다. 객기였다. 그냥 놔뒀다. 흰 바지를 입은 남자가 선착장에서 낚싯대를 드리웠다.

재호는 시트를 세우고 시동을 걸었다.

"사실 저 자원해서 왔어요." 권이 고백했다.

"그래?"

"찾을 게 좀 있어서."

"없을걸." 재호가 눈을 가늘게 떴다. "뭘 찾는지는 모르겠지만."

"모르는데 어떻게 알아요."

모르긴 몰라도 팀장이 권에게 말을 흘린 것 같았다. 세상 사람 다 아는 낡아 빠진 정보를. 거들먹거리면서. 재호를 캐 보라고 했을 것이다. 팀장은 권을 재수 없어 했다. 이제 권의 차례였다.

"고양이 찾으러 온 거 아니야? 그놈 도망갔어. 로

알캐닌 사러 편의점 간 사이에."

권이 푸, 하며 입술을 떨었다. "형, 주식 해 봤어요?"

"아니. 어릴 때 야동 보려고 충전했던 코인이 3000퍼센트 뛰긴 했더라. 지금은 어떻게 됐는지 모르겠네."

권이 에이씨, 하고 몸서리를 치더니 테이크아웃 컵 뚜껑을 열고 녹은 얼음을 마셨다. 그쪽으로도 사연이 있는 모양이었다. 재호는 웃었다.

"저 날렸어요. 많이는 아니고." 권이 창문을 내리고 밖으로 컵을 던졌다. "털고 나올 때 알았어요. 제가 잃는 것보다 따는 걸 더 두려워하더라고요. 이미 잃은 수백수천보다 딸 수도 있었던 10원 한 장이 더 가슴 아프더란 말이죠."

횟집 주방장이 행인이 지나가기를 기다렸다가 양동이에 든 물을 길가로 뿌렸다. 술 취한 손님이 담뱃불을 수조에 껐다. 주방장은 눈치채지 못했다.

"한 달 남았어요." 권이 나지막이 말했다.

"아닐걸." 재호가 천천히 차를 출발시켰다. 선착장 쪽으로 길을 잡았다. 낚시 금지. "너는 주가가 떨어져서 잃은 게 아니라 나와서 잃은 거야."

"뭐가 아니라는 거예요?"

"그 사람 한 달 뒤에 안 나온다고."

"형이 어떻게 알아요?"

재호가 사이렌을 껐다. "산책하러 나오셨거든."

선착장의 흰 바지 남자가 릴을 감았다. 이제 되었다는 듯.

보라가 팀장에게 비닐봉지를 내밀었다. 그리고 접의자에 앉았다. 재호는 정복을 입고 서울로 상을 받으러 갔다.

"쑥 캤어요. 튀겨 드세요."

"뭐 이런 걸 다." 팀장이 좋아했다.

보라는 묻는 말에 대답했다. 탈옥범에 관한 것이었다. 보라의 사생활에 대한 질문이 더 많았다. 선보는 자리 같았다. 권은 보라를 몰랐다. 될 놈은 된다며 치를 떨었다. 불공평한 세상. 흰 바지를 입은 로또가 제 발로 걸어와 재호 품에 안겼다. 누구는 죽을 고생을 하며 시험을 봤는데.

"머리 나쁜 딸내미를 만나러 나왔다는 거예요." 권이 말했다. "새벽 3시 반이 아니라 오후 3시 반이라는 걸 최근에야 알았대요. 부전여전이라나."

"그만하지." 팀장이 권을 말렸다.

"여기 분 아니시죠?" 권이 보라에게 물었다. "뭐 하시는 분이세요?"

"뭐 안 해요. 쑥 캤어요."

보라는 파출소에서 나와 방파제를 걸었다. 물고기가 제방에 누워 썩어 갔다. 삼색 고양이가 부패한 생선을 코끝으로 건드리고는 가던 길을 갔다. 꼬마애가 엄마한테 갈매기도 매운 새우깡을 먹을 수 있느냐고 물었다. 헛소리하지 마. 엄마가 짜증을 냈다. 빨리 와. 빨리 좀 걸어. 여남은 척의 폐선이 서로 부대끼며 덜그럭거렸다. 물이 검었다. 거품이 소용돌이쳤다. 기름이 무지갯빛으로 떴다. 전에 재호가 팀장의 어깨를 밀치며 손전등 불빛을 비추었던 곳이었다. 선착장에 낚시 금지 팻말이 붙어 있었다. 고기가 잡히지 않아 낚시 금지였다.

갑판에 누워 있는데 별안간 배가 휘우뚱했다. 바닥을 통통 울리는 잰 발소리가 들렸다. 아까 걔였다. 울고 있었다. 가출 소녀가 옆에 웅크리고 앉았다. 보라는 무시했다. 아이는 당황해하는 것 같았다. 울음을 그쳤다. 멀리서 애를 찾는 외침이 들렸다.

"언니."

보라는 자는 척했다. 죽은 척했다. 그러다 왁, 하고

벌떡 일어났다. 아이가 엉덩방아를 찧었다. 겁에 질린 표정이었다. 볼만했다.

"갈매기도 매운 새우깡 먹을 수 있어요?"

"내가 어떻게 알아."

"왜 몰라요?"

"내가 어떻게 알아."

아이가 한숨을 쉬었다. 외치는 소리가 엉뚱한 방향으로 멀어졌다. 그쪽으로 슬쩍 곁눈질하는 게 느껴졌다. 불안해 보였다.

"너 쑥 좋아해?"

"쑥이 뭐예요?"

"파란 거. 풀. 국에도 넣고 그러는 거."

아이가 토하려고 했다. 상상만 해도 비위가 상하는 모양이었다. 식탁에서 초록색은 사악한 독이었다. 마귀할멈의 시험이었다. 음모였다. 보라는 으히히 웃었다.

사이렌이 울렸다. 그런 것 같았다. 재호가 벌써 돌아와 여관방을 확인했는지도 모른다. 팀장이 비닐봉지를 열어 보았는지도 모른다. 권이 이번에도 한발 늦었는지 모른다. 그도 아니면…… 애를 분실한 여자가 도움을 요청했는지도 모른다. 누구를 찾는지 모호했다.

"가."

아이가 머뭇거리더니 달아났다. 최고는 아니지만 덜 나쁜 쪽으로. 충분히 멀어질 때까지 기다렸다. 하늘이 파랬다. 바다가 넓었다. 사이렌 소리가 두 박자를 세며 다가왔다. 보라는 뱃전을 디뎠다. 홀의 한가운데로 나아갔다.

아
란

억울해, 를 쓰는 펜촉에 종이가 찢겨 나간 적이 있다. 그때의 나는 굳은 턱을 하고 이를 악물고 있다. 그때까지의 나는 억울이라는 말은 알았어도 억울했던 적은 없었으므로 정말 억울한 일을 당한 후에 무얼 해야 하는지 몰랐다. 억울해, 라고 쓰는 것 외에는, 그리고 그 글자 위로 눈물을 떨어뜨리는 것 외에는. 지금도 혀로 아랫니를 밀면 이가 밀려난다. 악무는 버릇이 남아 있다.

 치아가 흔들리거나 하진 않으세요? 간호사가 물었다. 수술 전 몇 가지 사항을 체크하기 위한 상담 때였다. 알레르기가 있는지 복용하는 약이 있는지 따위를 묻다가 치아가 흔들리는지를 물었다. 나는 간호사의 얼굴을 쳐다봤다. 자궁에 생긴 혹을 뗄 뿐이었다. 치아와 자궁은 너무 멀었다.

나는 치아가 흔들리는지, 왜 흔들리게 되었는지를 생각하다가 오래전으로 돌아갔다. 억울했던 그날의 일을 기억해 냈다. 그리고 내가 그 일을 완전히 잊고 있었다는 사실을 깨달았다. 억울한 일을 당한 사람이 많이 걸리는 병인 건가, 그런 생각을 하고 있는데 간호사가 덧붙여 설명했다. 수술 중에 무의식적으로 이를 악물어서 이뿌리가 상하기도 하거든요. 그렇다고 대답하자 간호사가 차트에 무언가를 끼적였다. 수술 당일, 마취 전에 의사는 내게 안정제를 투여했다.

*

내 아버지는 물컵에 소주를 따라 마시는 사람이었다. 퇴근하면 물컵에 소주를 전부 쏟아붓고 양복을 벗었던 사람, 택시 모는 일을 하면서도 잘 다린 양복을 입었던 사람, 소주에 콜라를 섞고 나서 이러면 양주 맛이 난다고 웃었던 사람. 그러니까 하루 열두 시간 택시 운전을 하고 집에 돌아와 곧장 소주 혹은 콜라 탄 소주를 마시고, 텔레비전을 틀어 놓은 채 까무룩 잠들었다 일어나 양복을 다려 입고는 다시 열두 시간 택시 운전을 하러 나가던 사람. 그게 삶의 전부였던 사람.

"너 그거 아니?" 언젠가 엄마가 말했다. "너희 아버지 술 약했다."

"그만 마셔요, 엄마."

"너 그거 아니? 너 세상에서 제일 불쌍하고 초라한 인간이 누군지 아니? 술 약한 알코올중독자야."

그러나 내 기억에 아버지는 그렇게 술을 마셔도 취하지는 않는 사람이었다. 얼굴이 붉어지지도 않았다. 걸음을 틀리는 법도 없었다. 어쩌면 쫓기듯 술을 들이켜고 바로 잠들어서였는지도, 식탁에서 침대까지 몇 걸음 되지 않아서였는지도 모르겠다.

그날도 아버지는 퇴근 후에 소주를 마시고 있었다. 새벽 내 운전을 하고 아침에 마시는 술이었다. 엄마와는 이미 별거 중이었으므로 누가 아침에 술을 먹느냐고 잔소리할 사람도 없었다. 아마 6시쯤이었을 것이다. 학교에 가려고 일어난 때였으니까. 7시 50분까지 등교해야 했고 학교까지는 통학버스로 한 시간이 걸렸으니까 6시에는 일어나야만 했다. 창밖이 어스름했다.

일어나긴 했지만 학교에 가고 싶지 않았다. 가지 않기로 했다. 마침 아버지가 깨어 있었으므로 핸드폰을 건넸다.

"전화해 줘요."

담임에게 오늘 딸이 아파 출석은 어렵겠다, 말해 달라고 부탁했다. 생전 해 본 적 없는 부탁이었다. 열여덟 인생에 생전이라는 말을 붙여도 좋다면.

아버지는 순순히 핸드폰을 받아 들었다. 예상외의 일이었으므로 부탁해 놓고도 내 쪽에서 놀랐다. 아버지는 내게 매일 입은 맞춰 줘도 돈은 안 주는 사람이었다. 선천적으로 책임이라는 걸 모르는 사람이었으므로, 담임과 통화를 하는 아버지가 낯설 만했다. 술기운에 딸의 부탁을 들어줬는지도 모르겠다.

"예, 제가 아버지 되는 사람입니다."

아버지라는 이름과는 무관한 목소리로 아버지가 말했다. 담임과 통화하는 내내 아버지는 정중했다. 소주를 한 병이나 비워 놓고 저렇게 잘하나. 나는 방으로 가 침대에 몸을 뉘었다. 날이 밝아 오고 있었다. 잠이 오지 않았다.

오후가 되도록 침대에 누워 있었다. 안방에서 흘러나오는 텔레비전 소리를 들으면서 눈을 끔뻑거렸다. 아버지는 점심에 점심을 안 먹는 모양이었다. 아버지의 점심은 이렇구나. 코 고는 소리와 이따금 컥, 숨 머금는 소리가 들려왔다. 오후 4시쯤 되어서 문자메시지 한 통이 왔다. 엄마였다.

'딸, 엄마는 우리 딸 믿어.'

나는 눈가에 오른팔을 얹었다. 아버지는 영원히 일어나지 않을 셈인가. 배가 고팠다. 문 너머로 코 고는 소리와 덜커덩거리는 숨소리가 이어졌다.

다음 날 교무실로 불려 갔다. 교무실로 이어지는 복도를 걸으며 나는 담임이 전에 내게 줬던 벌을 생각했다. 그녀는 일 분 지각한 벌로 발깔개에 붙은 먼지를 한 시간 동안 손으로 떼게 했었다. 어쩐지 기분이 축축해졌다. 교무실로 들어가기 전 나는 머리를 높게 묶었다. 고개를 숙이면 합법, 젖히면 불법인 어중간한 길이였다. 담임이라면 매 끝으로 턱을 들어 올릴 것이다. 두르고 있던 담요를 정수기 위에 올려놓았다. 담요는 어떻게 해도 불법. 지퍼를 열어 치마를 내렸다. 허리에 걸치면 불법, 골반에 걸치면 합법. 머리는 길면 안 되었고 치마는 짧으면 안 되었다. 나는 블라우스를 끄집어내 벌어진 지퍼를 가렸다. 교무실 문을 열었다. 건조하고 따뜻한 공기가 훅 끼쳤다. 담임의 뒷모습이 보였다. 기척을 내자 담임이 몸을 돌려 나를 올려다봤다. 머리카락 끝이 내게는 불법이되 그녀에게는 합법인 구역에 들어갔다.

"아팠니?"

나는 끄덕였다.

"목 아프다, 얘."

접이식 의자를 펴 담임 옆에 앉았다. 책상에 생활기록부가 펼쳐져 있었다. 담임이 뱀 같은 눈으로 나를 쳐다봤다. 무용 과목을 가르치는 사십 대 여선생이었다.

"아팠니?"

아니라고 하자 담임은 알고 있으니 가 보라고 했다. 나는 의자를 도로 접어 벽에 기대 세우고 교무실을 빠져나왔다.

야간 자율 학습 후에 집으로 돌아가니 엄마가 있었다. 차로 두 시간 거리에 사는 엄마는 가끔 들러 반찬을 사다 놓거나 내게 돈을 줬다. 그날 엄마가 반찬이나 돈을 주러 온 건 아니었다. 엄마는 문가에 기대서서 내가 교복 벗는 것을 지켜봤다. 본다기보다 눈길로 몸을 뒤지는 것 같았다. 엄마가 내 가슴에 머물러 있던 시선을 거두고는 선생님하고 얘기는 해 봤느냐고 물었다. 그렇다고 대답하자 어떻게? 하고 물었다. 사실대로라고 대답했다. 엄마가 다시 눈으로 내 몸 구석구석을 뒤졌다. 등에 소름이 돋았다. 나는 바닥에 떨어져 있던 바지를 서둘러 주워 입었다. 서랍에서 티셔츠를 꺼내 목에 꿰었다.

"딸," 엄마가 나를 불렀다. 눈이 붉었다. 엄마는 울고 있었다. "딸, 원조 교제를 하고 있어?"

나는 대답하지 못했다. 숨을 머금었다. 원조 교제. 낯선 나라의 말을 듣는 것 같았다. 처음 들어 보는 외국어에 대답할 수 있는 말이 내게는 없었다. 엄마는 그런 나를 보고 고개를 저어 대다가 끄덕거리다가, 다시 저었다. 나는 겨우 아니, 라고 대답했다. 처음 듣는 목소리처럼 생경했다. 엄마가 바닥에 주저앉았다. 나를 믿는다고 말했다. 믿는데,

"그런데 왜. 왜 그 새벽에 전화를 해. 누가 그런 새벽에 전화를 해."

"아침이었어요."

"어떤 아저씨야."

"아버지였어요. 아저씨가 아니라 아버지였다고요."

아버지는 집에 돌아오지 않고 있었다. 전화도 받지 않았다. 복도에 발소리가 들릴 때마다 엄마와 나는 현관문 쪽으로 고개를 돌렸다.

"알았어. 엄마는 우리 딸 믿어."

그러나 엄마 역시 아버지를 기다리고 있었다. 엄마는 집으로 돌아가지 않았다. 몇 시간이나 흘렀을까. 도어록 비밀번호 네 자리를 누르는 소리가 들렸다. 엄마가 소파 등받이에서 몸을 뗐다. 아버지는 엄마를 힐끗 보고는 물컵에 소주를 쏟아부었다. 안방에서 양복을 벗고 나와 소주를 들이켰다. 어설프게 썰어 놓은 단무지가 안주였다. 내 방에서 핸드폰이 울렸다. 6시를 알리는 모닝콜이었다.

아버지는 그날 아침을 기억하지 못했다.

엄마는 나를 믿는다고 다시금 말해 두고는 떠났다. 아버지는 방으로 가 텔레비전을 틀었다. 곧 코 고는 소리가 들려왔다. 그날 이후로 나는 몸에 남은 물을 다 말릴 작정으로 울어 댔다. 밥을 먹다가 잠을 자다가 소변을 보다가 울었다. 생각날 때마다 울었다. 입술이 바작거렸다. 아버지는 여전히 내게 입 맞춰 줬지만 그날 아침에 대해서는 별로 해 줄 말이 없는 것 같았다.

집에 가고 싶지 않았다. 나는 밤이면 아파트 놀이터에 가 혼자 시소를 탔다. 칠이 벗겨진, 얼음보다 더 차가운 손잡이를 부여잡고 머리에서 땀이 배어날 때까지 시소에 앉아 오르락내리락했다. 손에 녹이 묻고 쇠 냄새가 났다. 머리카락이 땀에 젖자마자 얼어붙었다. 앉았다 서기를 반복하면서 나는 눈물을 흘리고 모랫바닥에 침방울을 떨어뜨렸다. 힘이 없어서 못 울 지경이 됐다. 억울했다. 이제 그만 아버지가 사실을 말해 줬으면 했다. 그 부탁을 해야 했다. 그러나 아버지가 깨어 있는 시간과 내가 집에 있는 시간은 잘 겹치지 않았다. 아버지는 2교대를 하는 택시 기사였고 나는 야간 자율 학습을 하는 고등학생이었다.

주말에 학교 보충수업도 독서실도 가지 않고 아버지가 일어나기를 기다렸다. 아버지는 저녁 7시에 일어나 목욕을 하고 와이셔츠를 다렸다. 나는 다리미판 앞에 가서 울었다. 함께 저녁을 먹으며 울었다. 현관에서 배웅하며 울었다. 몸이 다 마른 것만 같았다. 눈물이 나오지 않았다.

"물을 많이 마셔라."

현관문이 닫혔다. 문이 저절로 잠겼다.

아무도 그날의 일을 입 밖에 내지 않았다. 아버지는 물론 엄마와 담임까지도. 묻어 두기로 한 것 같았다. 나는 그들의 시선과 부자연스러운 행동과 알 수 없는 분위기를 견뎌야 했다. 그들이 내린 결론이 무엇인지 나는 알지 못했다. 시선이 느껴져 돌아보면 담임의 뱀 같은 눈이 있었다. 담임이 가르치는 천박한 차차차를 추다가, 조례와 종례를 하다가, 수업 중 문득 복도 쪽으로 눈을 돌리다가 그 뱀 같은 눈과 마주했다. 이를 악물었다. 그 사람을 생각할 때마다 나는 이를 악물었다. 종국에는 아무런 생각 없이 있을 때도 이를 악물게 되었다. 턱이 굵어졌다. 아랫니가 흔들렸다. 입안에서 종종 비린내가 났다.

그냥 내가 한 것으로 칠까 생각하게 되었다. 억울은 고통스러웠으므로 차라리 그편이 나을 것 같았다. 억울한 것보다는 한순간 방황한 것으로 끝내는 게 나았다. 원조 교제가 뭐. 원조 교제 하는 수많은 여자애 중 한 명일 뿐인 거야, 나는. 그러다가 정말 내가 했나, 에까지 이르게 되었다. 정말 내가 했나, 원조교제를. 아버지는 그날 아침 일에 대해 처음 듣는 듯한 표정이었으니까. 내 기억에는 없다, 고 말하는 아버지의 발음은 너무나 정확했으니까.

*

침대를 둘러싸고 있는 커튼의 체크무늬를 보며 나는 잠들지 않기 위해 애썼다. 무늬가 흐릿해질 때마다 간호사가 와서 나를 깨우고 갔다. 잠들면 폐렴 걸려요. 그렇게 위험하면 왜 완전히 깨우지 않는지 이해되지 않았다. 의지와 달리 내 몸은 마취 상태를 선호하는 것 같았다.

침대로 나방이 들어왔다. 눅눅하게 가라앉은 공기를 흘려보내기 위해 누군가 쪽창을 열었던 것 같다. 겨울이라 큰 창문을 열면 빈축을 샀을 테니까. 나방은 방충망이 없는 쪽창으로, 간호사가 부주의하게 여미고 간 커튼 틈으로 들어왔다. 나방은 출구를 찾지 못했다. 천장과 바닥, 네 면의 커튼 사이에서 고무공처럼 튀었다. 나는 잠에서 완전히 깼다. 이가 부딪치고 땀이 솟았다. 몸이 서늘해졌다. 벌레를 쫓아야 했다. 그러나 운신은커녕 목소리를 내는 것도 마음대로 되지 않았다. 나방은 침대에 갇혔고 나는 몸에 갇혀 있었다.

눈을 감고 신음하고 있는데 누군가 커튼을 젖히고 나방을 쫓아냈다. 환자복을 입은 여자는 맞은편 침대에 돌아가 누웠다. 잠시 후 그녀가 다시 내 침대로 왔다. 자기를 기억하느냐고 물었다. 누구인지 떠올리기까지 얼마간 시간이 필요했다. 마취 기운과 나방 때문에 정신이 없는 데다가 꽤 먼 과거로 돌아가야 했으니까. 나는 가까스로 열여덟 살로 돌아갔다. 그녀가 누워 있는 나를 안았다. 떠올리는 데는 오래 걸렸지만 가까워지는 데는 별로 시간이 필요하지 않았다. 아주 잠깐이면 됐다. 한 번 껴안는 것으로 10년이 넘는 시간이 허물어졌다.

*

수행평가는 차차차였다. 우리 반 담임이기도 한 무용 선생님이 번호 순서대로 두 명씩 짝을 지으라고 지시했다. 박자 셀 때 쓰는 한 쌍의 나무 봉을 부딪치면서. 재촉하듯. 민트색 체육복을 입은 여자애들이 투덜거리면서 친한 친구와 같이 하면 안 되느냐고 항의했다. 그렇지만, 약간 이르다 싶게, 포기하고는 자기 앞 번호 뒤 번호를 찾아 나섰다. 담임은 완고한 사람이었으므로 이의를 제기한들 소용없었다. 다만 우정을 증명할 방법으로, 형식적이나마 항의가 필요했던 것 같았다. 서른 명 남짓이 각자의 절친과 요란하게 이별한 뒤 못마땅하다는 듯 느릿느릿 움직였다. 하얀 실내화들이 강당 바닥을 울리며 우르릉 소리를 냈다. 나는 아란과 짝이 되었다.

 아란은 안도한 표정이었다. 두 개의 앞니가 무방비하게 드러나 있었다. 의식하지 않으면 입술이 다물어지지 않는 것 같았다. 그래서인지 얼핏 웃는 것처럼 보였다. 환영하는 것처럼 보였다. 인중이 깊고 뺨은 도도록했다. 험악한 소문이나 그로 인한 선입견과는 달리 순한 얼굴이었다. 굳이 따지자면 초식동물 같은 생김새였다. 2학기 기말고사 무렵이었으므로 얼굴은 당연히 알았지만 이렇게 가까이서 마주 본 건 처음이라 놀랐다. 되짚어 보건대 말을 나눠 본 기억도 없었다. 아란은 그다지 착실하지 않은 아이들 무리에 속해 있었다. 나도 착실하지는 않았지만 적어도 그런 척은 하려 노력했다. 그런 점이 서로 달랐다. 용감함의 정도가. 자세한 사정은 모르지만, 관심도 없었지만, 아란이 최근에 무리에서 쫓겨났다는 것은 알고 있었다. 아란은 담임이 짝을 정해 준 데 다행함을 느끼는 듯했다.

담임이 클라베스를 두들기면서 춤 동작을 알려 주었다. 남자 역할과 여자 역할을 번갈아 배우게 했다. 일단 둘 다 익힌 다음 어느 역할을 맡을지 상의해 결정하라고 했다. 여자고등학교였으므로 인원의 절반은 남자 역할을 맡아야 했다. 겨울이었고 강당은 추웠고 클라베스에서 상쾌한 소리가 났다. 원투 차차차. 투투 차차차. 코가 시리고 입김도 보였지만 몸에서 열이 나는 게 느껴졌다. 나를 포함해 반 아이들이 입은 체육복에서 청결하지 않은 냄새가 났다. 말리지 않고 사물함에 오래 처박아 둔 냄새였다. 역할을 정할 시간이 되자 여기저기서 옥신각신하는 소리가 들렸다. 어느 쪽이 더 좋은 건지는 알 수 없었다. 아란과 나의 경우에는, 별다른 상의 없이, 자연스레 역할이 정해졌다.

"내가 여자 할게." 연습이 꽤 진행된 상황이었는데, 공연히 아란이 말했다. 그러더니 잠시 후 둘러대듯 덧붙였다. "여자가 더 어려우니까."

이의는 없었다. 내게 주어진 동작은 적당한 때 여자의 손을 잡아 주고 허리를 받쳐 주는 것 정도였다. 아란은 고개를 젖히거나 빙그르르 도는 등 온갖 마법을 부렸다. 덩달아 나까지 잘하는 것처럼 느껴졌다. 공짜로 이득을 보았다는 생각이 들었다. 실제로 몇몇이 부러워하는 시선을 보내기도 했다. 내신 점수 때문인 것 같았다. 그제야 아란이 무용 특기생이라는 데 생각이 미쳤다. 진지한 춤은 아니었고 스포츠댄스였나 벨리댄스였나 그런 걸 한다고 들었다. 공부는 못하는데 번듯한 고등학교에는 가고 싶은 애들이 중학교 막바지 때 부랴부랴 배우는 춤이었다. 아직도 하고 있는 모양이었다. 아란은 작고 통통한 편이었다. 보기에는 좋지만 꿈에는 도움 되지 않을 살집이었다. 전도유망하지는 않겠거니, 학기 초에 생각했던 기억이 났다.

우리 학교는 한 학년에 문과 아홉 반, 이과 두 반으로 구성되어 있었는데 문과 마지막 반은 특기생을 주로 몰아 둔 반이었다. 이를테면 아란 같은. 아니면 나처럼 이도 저도 아닌 애들도 있었다. 매년 서울대를 대여섯 명씩 보내는 고등학교였지만 우리 반은 전반적으로 분위기가 좀 달랐다. 담임은 엄하면서도 자유분방했다. 체벌도 잘하고 조퇴도 잘 시켜 줬다는 뜻이다. 아마도 우리 반은 재단으로부터 홀대받았던 것 같다. 애매한 애들을 모아 놓은 분리수거함이었다.

수업이 끝나자 아이들이 잠시 헤어졌던 진정한 짝과 재회했다. 삼삼오오 팔짱을 끼고 반으로 돌아갔다. 폭력적이기로 소문난 한 선생이 조용히 하라고, 뛰지 말라고 호통을 쳤다. 복도에서 왜인지 아란이 나를 따라온다는 느낌이 들었다. 나는 반 아이들 모두와 친했는데 단짝은 없었다. 이유는 알 수 없지만 항상 그래 왔다. 트렁크에 실어 둔 스페어타이어와 같은 역할을 했다. '지푸라기라도 붙잡는다.'는 관용구의 그 '지푸라기'였다. 그리고 이번에 나를 붙잡고 싶어 하는 사람은 아란인 것 같았다.

몇몇이 체육복을 갈아입기 위해 텔레비전 뒤로 들어갔다. 대부분은 체육복 안에서 교복으로 갈아입었다. 교복 치마를 입은 다음 체육복 바지를 벗고, 체육복 상의 안으로 블라우스 단추를 채웠다. 누군가 체육복에서 나는 퀴퀴한 냄새를 감지하고 창문을 열었다가 추워 죽겠다고 원성을 샀다. 걸핏하면 배고파하는 애들이 청포도 사탕을 나눠 먹었다. 물론 나에게도 하나 주어졌다. 포장을 벗기려는데 아란이 자기에게 달라는 표시를 했다. 내가 사탕을 건네려 하자 고개를 젓고 말했다. "같이 먹자."

왜 망설였는지는 모르겠다. 차차차까지 같이 춘 마당에, 사탕을 같이 먹자는 게 무리한 요구는 아니었을 것이다. 나도 애들과 으레 사탕을 같이 먹곤 했다. 그 방법이란 번갈아 빨아 먹는 것이었다. 몇 번 입안에서 굴리다 껍질에 뱉어 건네면 다른 애가 또 몇 번 빨아 먹고의 반복이었다. 그렇게 먹으면 더 달다는 게 이유였다. 혼자 됨의 불안에서 벗어나는 방법이었던 것 같은데, 그보다는 누구 하나가 시작하자 군중심리로 나머지도 반성 없이 따라 했을 공산이 크다. 시대의 문제였는지 나이의 문제였는지 장소의 문제였는지는 모르겠지만 아무튼 그런 미개한 풍습이 있었다. 아란이 사탕을 기대하는 듯한 표정을 지었다. 앞니가 눈에 들어왔다. 주먹을 쥐자 손바닥 안에서 사탕 껍질이 바스락거렸다. 그 애가 저질렀다는 잔인한 짓이 떠올랐다. 수업을 시작하는 종이 울렸다. 좋은 아이디어가 생각났다. 나는 청포도 사탕을 창틀에 놓았다. 있는 힘껏 창문을 닫았다.

*

 아란은 입원해 있던 다른 환자들에게 나를 소개했다. 자랑하듯 제 친구요, 하고 등에 손을 얹었다. 타인을 경유하자 그제야 우리가 실감되었다. 등에 닿은 것을 의식하지 않으려 노력하면서, 나는 어색하게 묵례했다. 목에 피 호스를 찬 아주머니가 만나서 반갑지만 앞으로 다시는 만나지 맙시다, 병원식 농담을 했다. 풍을 맞았다는 할머니는 인사 대신 냉장고에서 비닐에 담긴 김치를 꺼내 건넸다. 병원 김치는 나물이래, 아란이 통역해 주었다. 나는 한쪽으로만 움직이는 할머니를 도와 냉장고 문을 닫았다.

 아란은 자신의 병세에 대해서도 크게 거리끼는 기색 없이 이야기해 주었다. 두 번째 입원이라고 했다. 몸은 다 나았지만 퇴원이 허락되지 않았다. 회진 때 아란의 주치의가, 매우 냉담하고 바람직한 방식으로, 이래 봤자 아무런 성과도 얻지 못하고 신장만 망가뜨리게 될 뿐이라고 말하고 갔던 게 기억났다.

 아란은 잘 웃었다. 찾아오는 사람도 몇 있었다. 문병객이 사 온 음료수를 환자와 간병인에게 나눠 주기도 했다. 식사 때는 흰밥을 입에 떠 넣고 열심히 씹었다. 우울증 환자로 보이는 건 오히려 내 쪽이었을지도 모른다. 나는 악무는 버릇을 의식한 이후로 극도의 피로를 느끼고 있었다. 수시로 입을 벌렸다 다물었고, 턱에서 나는 딱 소리를 들었다.

잠들면 폐렴 걸려. 생각에 빠져 있을 때면 아란이 내 어깨를 건드려 깨웠다.

엄마나 애인, 친구들이 앉아 있다 돌아갔다. 됐다는데 기어코 찾아와서는 아기를 낳을 수 있는 거냐고 물었다. 몰랐더라면 없는 것처럼 지나갈 일이었는데 괜한 짓을 했나 싶었다.

나는 보호자 침대에 놓인 케이크 상자를 보았다. 누군가 다녀간 자리였다. 축하할 일인가. 간호사들이 약을 주기 위해 병실을 오갔다. 점심을 마친 후였다. 할머니 자리에 새로 들어온 환자가 무어라 투덜거리고 있었다. 할머니는 퇴원했지만 할머니가 나눠 주고 간 김치 냄새가 병실에 고여 있었다. 쪽창은 수술 날 이후로 줄곧 닫힌 채였다. 희미한 치약 냄새가 함께 맡아지는 것 같았다. 할머니는 화장실 문을 반쯤 열어 둔 채 치약으로 뒷물하곤 했다. 그 모습이 왜 참혹한 마음을 들게 했는지 나는 앞으로도 이해하지 못할 터였다.

아란이 창가에 괴고 있던 팔꿈치를 떼며 눈 와, 하고 말했다. 이리 와. 아란은 '앉지 마세요'라고 적힌 라디에이터 위에 앉아 있었다. 나는 침대 밑에 흩어져 있던 슬리퍼를 찾아 신고 창가로 갔다.

물기가 거의 없는 눈이었다. 아란이 쪽창을 열었다. 한 뼘 정도 되는 공간으로 찬 공기가 밀려들어 오며 병실의 냄새를 희석했다. 나는 문득 다음 날이 내 퇴원일이라는 걸 깨달았다. 병실은 어쩐지 진공관 같아서 현실과는 시간이 다르게 흐른다.

"벌레 무서워한 건 어떻게 알았어?" 재회했던 날이 떠올라 물었다.

아란이 고개를 갸웃하더니 웃었다. "곤충을 좋아하는 사람은 세상에 그리 많지 않아."

"그렇구나."

아란이 약봉지를 내밀었다. 반투명한 비닐 안에 동그란 적색 알약이 들어 있었다. 먹지 않고 모아 두는 걸 본 적 있었다. 나는 순순히 약을 받아 들었다. 약봉지가 손가락 사이에서 파스락거렸다. 섬약한 벌레의 날개처럼.

지금 생각해 보면 그 알약은 붉은색을 향한 일시

적이고도 병적인 선호에 대해 아란의 주치의가 건넨 일종의 농담이었던 것 같다. 빨간색이 그렇게 좋다면 서요. 빨간 약 드릴 테니까 버리지 말고, 모으지도 말고, 먹어요.

"이거 이름이 센시발이래." 아란이 비밀인 것처럼 속삭였다. 세상이 시발 같을 땐 더 센 시발이 되라고 의사가 말해 주었다는데, 사실인지는 알 수 없었다.

아란이 다시 창밖을 응시했다. 오른팔을 뻗어 손바닥을 하늘로 향했다. 눈이 내려앉았다가 거짓말처럼 사라졌다. 7층 창 아래로는 눈발과 허공과 시멘트 바닥이었다. 쌓일 것 같은 눈은 아니었다. 아란이 눈을 받던 오른손에 힘을 빼 아래로 떨어뜨렸다. 나는 그걸 봤다. 창밖은 깊었고, 무척, 무척 깊었고, 나는 아란을 안았다. 몸을 떼고 나서야 적절치 않은 행동이라는 걸 깨달았다. 아란이 창틀에 매달려 있던 손으로 쪽창을 닫고 동전 같은 눈으로 나를 봤다.

*

아란의 하교 시간에 맞춰 조퇴했다. 놀자고 하기에 따라나섰던 걸로 기억한다. 정규 수업이 끝나는 4시

반이었다. 원래라면 나는 보충수업을 받고 석식을 먹고 야간 자율 학습까지 해야 했는데 아란이 담임에게 허락을 받아 주었다. 무슨 이유를 댔는지는 모르겠다. 핑계를 생각해 내지 않아도 되어 편리했고 꼭 두각시가 된 기분이 나쁘지 않았다. 나는 나로부터 좀 박리된 느낌이었다.

거의 움막과 다를 바 없는 다 쓰러져 가는 집에서 아란이 옷을 갈아입고 나왔다. 타월 소재의 분홍색 트레이닝복 세트, 엉덩이에 큼지막한 알파벳 패치가 붙어 있었다. PINK. 겉옷은 광택이 도는 아이보리색 패딩 점퍼였다. 모자에 달린 털이 엄청나게 풍성해서 포메라니안을 한 마리 얹은 것처럼 보였다. 한쪽 어깨에 루이비통 쇼퍼백을 멨다. 물론 나는 교복 차림이었다.

아란이 자기 남자 친구를 소개해 줬다. 아란의 남자 친구는 학업과 거리가 멀어 보이는 고등학생이었고 우리와 동갑이거나 한 살 많았다. 우리는 그의 집으로 향했다. 창밖으로 논밭이 펼쳐져 있는 작고 한갓진 전원주택이었다. 어떤 교통편을 이용했는지는 기억이 나지 않는다. 기묘하게도 그곳에는 그의 부모님과 형이 모여 있었다. 아란의 남자 친구의 형은 휴가 나온 군인이었다. 가족 구성원 전부가 나를 그 군인과 이어 주려는 분위기였다. 물론 아란도 가족의 일원이었다. 결혼한 건 아니지만 그 집의 둘째 며느리였다. 어머니가 닭볶음탕을 끓여 주었기에 여섯이서 거실에 둘러앉아 한 냄비에 숟가락을 꽂아 가며 먹었다. 겨울이라 해가 짧았고 금세 날이 어두워졌다. 누가 내 밥 위에 자꾸 고기 조각을 올려 주었다. 나는 늘 배고팠지만 위장이 졸아든 상태여서 소화하기가 버거웠다. 입이 짧은 것처럼 비칠까 봐 신경이 쓰였고 실제로 체했다. 누군가는 많이 먹으라고 했고 다른 누군가는 배부르면 남기라고 했는데 남기라는 얘기가 더 고맙게 느껴졌다. 아란은 다이어트를 해야 한다고 밥을 깨작거렸다. "어렸을 때 뭘 잘못 먹어서요." 아란은 자신이 살찐 이유를 둘러댔다. 어른들이 그 모습을 귀여워했던 기억이 난다. 그 식사 자리에서 나는 우리가 초등학교 동창이라는 사실을 우연히 알게 되었다. 아란은 나와의 잊지 못할 추억이 있는 듯했고 이 가족과도 몇몇 일화를 공유한 모양이었다. 나는 아란이 무안할까 봐 기억나는 척했다.

  아란과 아란의 남자 친구와 아란의 남자 친구의 형과 나는 바닷가 놀이공원에 갔다. 어떻게 이동했는지 모르겠다. 아마도 형한테 차가 있었나 보다. 바닷물은 검었고 거의 보이지 않았다. 놀이공원은 낡고 작고 쇠락했지만 갖은 색깔의 전구를 달아 두어 요란했다. 시끌벅적한 음악이 흘러나왔다. 폭약 냄새와 버터에 구운 오징어 냄새가 났다. 연기 때문에 눈이 매웠다. 우리는 바이킹과 디스코팡팡을 타고 소리를 질러 댔다. 총을 쏘고 기왓장을 격파해 못생긴 인형을 받았다. 미친 속도로 돌아가는 커피잔에도 탔는데 멀미가 나서 헛구역질을 하자 군인이 등을 두들겨 줬다. 그런 다음 천막에 들어가 넷이서 스티커 사진을 찍었다. 둘씩 찍기도 했다. 왜인지 나는 군인과 사진을 찍었고 그다음에는 아란과 찍었다. 아란이 까치발을 하고 내 어깨에 팔을 두른 자세로 혀를 쭉 내밀었다. 찰칵.

아란이 루이비통 가방에서 청포도 사탕을 꺼내 모두에게 배분해 줬다. 형제에게 하나씩 돌아갔고 아란 자신도 하나 먹었다. 내가 손을 내밀자 아란이 고개를 저었다. "아, 해." 아란이 짓궂은 표정으로 말했다. 앞니가 유난히 하얘 보였다. 나는 "아."라고 소리를 내며 입을 벌렸던 것 같다. 군인 앞에서 창피했던 기억이 나는 걸 보면. 아란이 단호하게 고개를 젓더니 눈을 감으라고 시켰다. 그깟 사탕 안 먹어도 되지만 어쩐지 시키는 대로 하게 되었다. 왜냐하면 나는 이들이 누군지 몰랐다. 나는 수적으로 열세했다. 그래서 눈을 감고 입을 벌렸다. "아." 키득거리는 숨죽인 소리가 들렸고 잠시 후 뭔가가 입안에서 파스락거렸다. 나는 소스라치게 놀라 뱉었다. 사탕 껍질이었다.

*

 퇴원 전날 밤에 내 침대로 아란이 왔다. 커튼을 잘 여미고 옆으로 와 누웠다. 침대는 좁았지만 여자 둘이 누울 정도는 됐다. 안지 않기에는 좁았다. 침대 바퀴가 흔들거렸다. 우리는 왜인지 웃음을 터뜨렸고, 거의 동시에 웃음을 뚝 그쳤다.
 "물 많이 마셔."
 아란이 고개를 끄덕이고 내 품으로 더 파고들었다. 손이 옷 안으로 들어왔다. 등에 닿은 손가락의 생김새가 하나하나 그려졌다. 목에 입술이 닿았을 때, 나는 놀라지 않았다. 아란이 고개를 들었다. 어두워 얼굴이 잘 보이지 않았다. 입술을 만져 보니 웃고 있었다. 입술이 내 손가락을 찾았다. 나는 가만히 있었다.

그러다 물속처럼 조금씩 손가락을 움직여 보았다. 아란이 내 다리 사이로 왼쪽 무릎을 끼워 넣었다. 모두 숨죽이고 있는 것만 같았다. 왼쪽 무릎이 천천히 움직였다. 방향제가 자동 분사되는 소리, 병실 밖 복도에서 슬리퍼 끄는 소리가 들릴 때마다 무릎의 움직임이 멈추었다.

"조용히 해." 아란이 혀를 밀어 넣었다.

병실은 어쩐지 진공관 같아서 현실과는 시간이 다르게 흐른다. 우리는 오래 껴안고 있었다. 잠깐인 것도 같았다. 갑상선암 수술을 받은 아주머니 자리에서 나지막이 피 빼 드릴게요, 하는 소리가 들렸다. 나는 얽혀 있던 몸을 풀었다. 간호사가 오기 전에 일어나는 게 좋을 것 같았다. 그때 아란이 내 어깨를 사납게 깨물었다. 터져 나오려는 비명을 가까스로 참으며 나는 그 애를 밀쳤다.

"왜 그래?" 생각보다 신경질적으로 나온 목소리에 놀라며, 물었다.

맞은편 침대로 아란이 말없이 돌아갔다.

점심 전 짐을 모두 꾸렸다. 퇴원해도 좋다는 주치의의 확인을 받았다. 수납 창구에서 몇 가지 주의해야 할 것들을 안내받고 내원 날짜를 예약했다. 아란에게는 내 몫의 점심을 받아 먹으라고 일러두었다. 그 애는 더 먹어야 할 것 같았다.

아란은 병원 로비까지 나를 배웅했다. 엘리베이터를 타고 1층으로 내려왔을 때, 입원동에서 외래동으로 건너왔을 때, 그 외에 몇 번이나 들어가라고 했지만 말을 듣지 않았다. 결국 로비까지 따라 나왔다. 내 오른손에는 트렁크가, 왼손에는 아란의 손이 있었다. 차가운 대리석 같은 손.

아란이 손을 빼 빨간색 카디건을 고쳐 입었다. 소매에 보풀이 나 있었다. 나는 눈앞에 대고 누가 손뼉이라도 친 것처럼 눈을 감았고, 은색 창틀에 걸쳐진 손목을, 창밖을, 창밖의 헤아릴 수 없는 깊이를 생각했다.

"들어가. 추워."

유리문 밖에 택시들이 줄지어 서 있었다. 원형의 도로로 차들이 들어오고 나갔다. 자판기 옆, 휠체어에 탄 노부인이 담배를 은색 핀셋으로 쥐고 피웠다. 나는 트렁크 손잡이를 집어넣었다.

"잠자리." 아란이 하늘을 보며 말했다.

"잠자리?" 시선을 따라가려 했지만 잘 안 됐다. 정

확히 어딜 보는지 알 수 없었다. "겨울인데 잠자리가 있어?"

자동인형처럼 부피가 없는 목소리로 아란이 기억나? 하고 물었다. "잠자리 기억나?"

"무슨 기억?"

"기억 안 나? 기억이 안 나?"

"무슨 기억. 너 괜찮아?"

잠자리, 하고 아란이 짧고 날카로운 웃음을 터뜨렸다. 그 애는 스스로를 진정시킬 수 없었다. 나는 기다렸다. 그렇게 한참을 웃다가, 가까스로 진정한 후에, 아란이 말했다. "먹였잖아."

"먹여? 내가 잠자리한테 뭘 먹였어?"

"나한테. 잠자리를."

*

신호 대기 중 택시 기사가 룸미러로 이쪽을 보는 게 느껴졌다. 기사는 화려한 색채의 등산복을 입고 있었다. 말을 걸 것 같아 이어폰을 꼈다. 눈이 녹아 도로가 검게 번들거렸다. 라디오에서 평소 주당으로 이름난 영화감독이 자신은 주류라며 우스갯소리를 했다.

 횡단보도 앞, 교복 위에 똑같은 오리털 파카를 입은 여자애 둘이서 눈물을 흘려 가며 웃고 있었다. 둘은 겨우 웃음을 멈추었는데, 한쪽이 다시 웃어서 다른 한쪽을 웃게 했다. 그러더니 핸드폰을 땅바닥에 바짝 들이댔다. 사진을 찍으려는 것 같았다. 나는 얼마 없는 기운을 끌어모아 눈을 가늘게 떴다. 영문 모른 채 지나가면 영원히 기억에 남을 것 같아서였다. 뭐가 그렇게 웃긴지 알아내려 노력했다. 피자 조각이었다.

 나는 퇴원 소식을 알려야 할 것 같은 몇몇에게 전화했다. 기사가 계속 무어라 중얼거렸다. 손님이 통화 중이라는 걸 모르고, 자신에게 얘기를 건넨 줄로 착각하고 대답을 하는 것 같았다. 한참 뒤 기사가 알아챘는지 입을 다물었다. 차가 크게 좌회전했다. 나는 멀미를 느꼈다.

 수행평가를 봤다. 한 팀씩 앞에 나가 차차차를 추었다. 우리 차례가 왔고 나는 민트색 체육복을 입은 아란과 맞절했다. 손바닥을 내밀자 아란이 세 손가락만으로 슬며시 맞잡았다. 앞니를 내보이며 씩 웃었다. 연단 위에 선 담임이 클라베스를 두들기며 일정하게 박을 셌다. 딱. 딱. 딱. 딱. 아란이 잘했기 때문에 나는 약간 마음을 놓았던 것 같다. 춤을 추는 중간중간 딴생각을 했다. 바닷가 놀이공원에 놀러 갔을 때 스티커 사진을 찍었던 일이 떠올랐다.

아란이 남자 친구와 그의 형을 천막 밖으로 몰아냈다. 사진 기계가 웃으라는 둥 준비하라는 둥 이런저런 지시를 내리며 숫자를 셌다. 아란이 내게 어깨동무를 하려 했고 키 차이 때문에 나는 허리를 수그려야 했다. 아란은 다소 난폭하게 나를 아래로 끌어당겼다. 렌즈를 바라보며 혀를 내밀었다. 플래시가 팡, 하고 터졌다. 그 빛이 어떤 기억을 상기시켰다.

아버지가 담임에게 전화해 준 뒤 나는 방으로 들어갔다. 잠깐 졸다가 가슴을 토닥이는 느낌에 놀라서 깼다. 오후의 빛이 세로로 길게 들어오고 있었다. 나는 그 빛에 눈을 대고 누웠다. 눈이 멀 것 같았다. 눈을 감으나 뜨나 똑같이 새하얗게 보였다. 나는 벽 쪽으로 돌아누워 시력을 회복했다. 아버지는 내가 손길을 뿌리쳤다고 생각했는지 단념하고 거실로 나갔다. 해가 기울며 빛의 가로 폭이 점점 좁아졌다. 빛은 직사각형의 면이었다가 선이 되었다. 그리고 순식간에 사라졌다.

"기억나?" 아란이 포즈를 바꾸며 물었다. 나는 반사적으로 주위를 둘러봤지만 하늘이 보이지는 않았다. 우리는 스티커 사진 천막 안에 있었다. 사진기가 숫자를 거꾸로 셌다. 천막 밖에서 군인이 들어가도 되냐고 소리를 질렀다. 아란이 내 손을 맞잡더니 약간 억세다 싶게 깍지를 끼고 속삭였다. "잠자리 기억나?"

민트색 체육복을 입은 아란이 내 손을 놓았다. 클라베스 소리가 멎은 뒤였다. 반 아이들이 박수를 쳤다. 담임이 마지못해 고개를 끄덕였다. 다음 팀이 우리가 자리를 비키길 기다리고 있었다.

용서

박정상이 과일 바구니를 들고 찾아왔다. 병문안하는 사람처럼. 교복 차림으로 미루어 보건대 박정상은 고등학생이었다. 과일 바구니도 무리해서 샀을 것이었다. 인디핑크 색깔의 광택 없는 종이로 고급스럽게 포장된 과일 바구니 안에 애플망고가 대여섯 개 담겨 있었다. 마치 크고 탐스러운 알 같아서 사람이 태어나는 것도 가능해 보였다. 박정상은 마르고 키가 컸으며 자신의 기다란 팔다리를 어떻게 가눠야 하는지 모르는 사람처럼 움직였다. 큰 키 탓에 눈을 내리깔았는데 거만함보다는 주눅 든 모습에 가까웠다. 과일 바구니를 든 오른손은 안정적으로 허벅지 부근에 떨구어졌고 아무것도 들지 않은 왼손은 불안스레 허공을 맴돌았다. 기타를 치는지 오른손만 손톱이 길었다.

처음에 부모님은 박정상이 누군지 몰랐다. 떨떠름하게 현관문을 열었을 뿐이었다. 문을 연 사람은 아빠였다. 잡상인이거나 종교인이겠거니 싶었다. 그럼에도 문을 열었는데, 이전에는 한 번도 없었던 일이기에 스스로 놀랐다. 심지어 안전 고리도 걸지 않았다. 앞으로 아빠는 그 이유에 대해 자주 생각할 것이었다. 박정상이 "안녕하세요. 저는 박정상입니다."라고 말하며 고개 숙여 인사했다. 거울을 보고 여러 차례 연습한 것 같은 동작이었다. 아빠는 박정상이 누군지 몰랐다. 초면이었고 이름을 들어 본 적도 없었기 때문이다. 그렇지만 누군지 알 것도 같았는데, 아슬아슬하게 참아 내는 재채기처럼 그 앎을 흘려보냈다. 아주 잠깐의 평화를 위한 안간힘이었다. 박정상이 자신을 박태섭의 아들이라고 소개하자 아빠는 기절했다. 허물어지듯 넘어진 게 아니라 만화에 나오는 장면처럼 통나무 모양으로 뒤로 쓰러졌다. 퍽, 하고 전구가 터지는 듯한 소리가 났다. 부엌에 있던 엄마가 달려와 비명을 질렀다.

박정상은 움찔했지만 정면을 바라본 채 꼿꼿이 서 있었다.

처분을 기다리는 듯했다.

엄마는 식칼을 들고 있었다.

기절했던 아빠가 금세 정신을 차렸다. 몸은 그대로였지만 눈은 번쩍 뜨였다. 자신과 가족을 지켜야 한다는 본능에서 비롯된 초인적인 힘 때문이었다. 아니면 그저 장하나가 아빠의 가슴팍을 밟고 지나갔기 때문인지도 몰랐다. 장하나는 외부인인 박정상의 발 냄새를 곰곰이 맡더니 잠시 생각에 잠겼다. 그러고는 아직 쓰러져 있는 아빠의 손바닥에 엉덩이를 가져다 댔다. 때려 달라는 뜻이었다. 장하나의 동생 장하다는 스탠드형 에어컨 위에서 식빵 자세로 이 광경을 지켜보고 있었는데, 아닐 수도 있었다. 장하다는 사시였다.

아빠는 자신이 왜 현관 바닥에 큰대자로 뻗어 있는지 알아차리느라 한참 헤맸다. 그러던 중에 식칼을 든 엄마를 발견했다. 아빠는 엄마와 박정상을 번갈아 응시하더니 스프링처럼 튀어 올라 달려들다시피 엄마를 끌어안았다. 혹시라도 엄마가 저지를지 모르는 일을 막기 위함이었다. 기절하지 않은 사람 입장에서는 다소 뜬금없는 행동이었다. 엄마가 "왜 이래!" 소리치며 몸을 마구 흔들어 댔다. "놔! 아니니까 놓으라고!" 몸싸움이 격해지면서 식칼이 이리저리 휘둘렸다. 엄마는 아빠를 떨구려 했지만 아빠의 힘이 더 셌다. 엄마는 아빠의 팔 안에 가두어졌다. 두 사람은 숨을 헐떡였고 그 헐떡임은 울음으로 바뀌기 쉬운 종류였다. 눈물을 흘릴지 말지는 선택하기 나름이었다. 둘 중 한 사람의 주도하에 그들은 점점 천천히 호흡했다. 들이쉬고 내쉬고 들이쉬고 내쉬고. 숨의 속도가 느려지면서 한데 맞추어졌다. 부모님은 거의 언제나 울지 않는 쪽을 택했다. 혼자서는 달랐으나 둘일 때는 그랬다.

박정상이 과일 바구니를 가만히 내려놓고는 무릎을 꿇었다.

박정상은 늦둥이 아들이었다. 박정상의 아버지 박태섭은 아들을 데리고 다닐 때마다 손자가 참 잘생겼다는 칭찬을 듣곤 했다. 한번은 손자 아니라고 오해를 바로잡았는데 "아, 증손자분?"이라는 말을 들었고 그 뒤로 박태섭은 그저 감사하다고 대꾸할 따름이었다. 시간이 흐른 지금, 박태섭은 예나 지금이나 노인 같았고 박정상은 훌쩍 컸기에 박정상은 비로소 박태섭의 아들처럼도 보였다. 박태섭을 데리고 온 교도관은 깨지지 않도록 강화유리로 만든 창 너머의 박정상을 보며 부자가 닮았다는 생각을 전혀 거리낌 없이 했다. 접견인 명단에서 미리 관계를 확인해서였는지도 모른다. 교도관이 박태섭을 접의자에 앉힌 뒤 자기 자리로 가 앉았다.

"어쩐 일이냐?" 박태섭이 아들 박정상에게 물었다.

"어떻게 지내세요?"

"변비 걸렸어." 박태섭이 애처럼 투덜거렸다. "화장실이 훤히 들여다보이는데 똥이 나올 리가."

박태섭은 인생에서 오직 두 가지만을 신봉하며 살아왔다. 자유, 그리고 프라이버시. 건강도 행복도 부도 명예도 아니었다. 그것들은 굳이 좇지 않아도 이미 박태섭에게 주어져 있던 것들이었다.

"무슨 체면을 차린다고 그러세요." 그런 짓을 해 놓고, 라는 말을 박정상은 참았다.

"내 말이 그 말이다."

둘은 잠시 말이 없었다. 박태섭이 오른손으로 왼손 엄지손톱의 거스러미를 뜯자 수갑이 잘그랑거렸다. 창살 사이로 햇빛이 비쳐 들어 그 안에서 먼지가 반짝거렸다. 해는 이런 곳에도 공평하게 들어왔다. 점심시간이 지난 뒤였고 교도관이 식곤증으로 하품을 했다. 입을 닫자 턱에서 딱 소리가 났다. 벽시계의 초침이 움직였다. 박태섭은 처음 보는 물건인 양 시곗바늘이 움직이는 모습을 눈에 담았다. 그들에게 허락된 시간이 차곡차곡 지나가고 있었다.

"사과 안 하세요?" 박정상이 본론을 말했다.

"무슨 사과?" 박태섭이 진짜 모르는 것처럼 반문했다.

박정상은 인내심을 갖고 설명해야 했다. 아버지는 죄를 지었고 죽은 아이의 부모에게 사과해야 한다고. 박태섭은 고음악 동호회 사람들과 가평에서 잣막걸리를 마시고 잠깐 눈을 붙인 뒤 자신의 제네시스를 운전하여 서울로 올라가던 중 스쿨존에서 교통사고를 내 실형을 선고받고 수감 중이었다. 혈중 알코올 농도는 면허정지 수치였다. 이변이 없다면 박태섭은 교도소에서 생을 마감할 터였다. 박태섭은 너무 늙었기에 남은 수명으로는 형을 다 살기도 어려웠다. 장수해야 하는 이유였다. 나쁜 사람이 오래 사는 이유이기도 했다.

"너한텐 미안하게 됐다." 박태섭이 사과했다. 박태

섭은 그날의 일을 정말로 후회했고 자신의 죄를 뉘우치고 있었다. 특히 인생의 가장 중요한 시기를 지나고 있는 고3 아들에게 아비로서 미안했다.

"아니. 아니. 아니." 박정상이 세 번 반복했다. "저한테 말고요."

박태섭이 자기 손목을 보여 주었다. 수갑을. 아마도 죗값을 치르고 있다는 뜻이었다. 아버지는 언제나 이런 식으로 의사소통했다. 짐짓, 함축적으로. 아버지를 잘 모르는 사람들은 아버지를 점잖은 양반이라고 여겼다. 아버지는 먼 옛날 미국에서 대학을 다녔다는 이유만으로 대학에서 학생들을 가르쳤다. 약물 중독으로 군대는 면제되었고 석사 학위와 박사 학위는 교수가 된 이후에 차차 땄다. 아버지의 아버지가 대지주였던 덕으로 아버지는 교수가 되었는데 교수치고는 돈이 많은 편이었다. 꽤 많았다. 아버지는 간혹 불법적인 일에 연루되었다. 그러나 실제로 감옥에 갇힌 적은 없었다. 몇몇 짓궂은 인사들은 아버지를 '대표님'이나 '형님'으로 칭했다. 정년 퇴임 후 아버지는 골프를 치거나 고음악 연주회에 다녔다. 마음에 드는 연주자를 후원하기도 했다. 더 마음에 들면 집으로 불렀다.

"그럼 누구한테 하랴." 박태섭이 말했다. "이 세상 사람이 아닌 걸."

"아버지."

"내가 사죄하면 다른 뜻이 있다고 오해할 거다. 탄원서라든지 그런 걸 바란다고 생각하지 않겠니. 일전에 말했다시피 항소는 하지 않을 생각이다. 난 이미 늙었어. 재판하다 죽을 게다. 그보다, 돌이킬 수 없는 일로 사과하는 건 큰 실례야. 실례고말고. 그 애," 갑자기 목이 콱 막혀서 박태섭은 목청을 큼큼 가다듬었다. "그 집 부모한테 말이다."

이들 부자는 그 일을 두고 옥신각신했다. 의견은 대립했으나 둘 다 조용조용 얘기했기에 싸우는 것처럼은 보이지 않았다. 마치 볼륨을 아주 낮게 해 틀어둔 라디오 같았다. 곧 약속된 시간이 끝났고 교도관이 졸음에서 깨어나 박태섭을 접의자에서 일으켜 세웠다. 박태섭이 스스로 일어나겠다는 시늉을 하자 교도관이 인권 존중 차원에서 물러났다. 그러나 박태섭은 노화와 운동 부족으로 다리에 근육이 빠진 터라 다시 의자에 주저앉았다. 접의자가 삐거덕거리며 소름 끼치는 소리를 냈다. 박태섭은 평생 자동차를 자기 신체의 연장이라고 믿고 살아왔다. 안경이라든지

틀니처럼 말이다. 남들은 달구지 끌고 다닐 때 스포츠카를 뽑았다는 건 박태섭의 오랜 자부심이었다. 그러나 보라. 자동차가 박태섭을 어떻게 새 다리로 만들었는지. 그리고 또 자동차가 어떻게 사람을……. 박태섭이 다리에 힘이 풀려 의자에 쓰러지듯 주저앉는 순간 박정상은 그 모습에서 눈을 돌렸다. 창살과 빛과 먼지가 보였다.

　박정상이 과일 바구니를 사 들고 우리 집을 찾아오기 사흘 전 일이었다.

　엄마는 부엌에서 애플망고를 씻었다. 식칼 — 그 식칼 — 로 무른 과육을 가르고 껍질을 벗겼다. 여덟 개로 조각내려다가 여섯 조각을 냈다. 태어나서 한 번도 먹어 보지 못한 과일이었다. 고등학생이 이런 비싼 과일을 무슨 돈으로 샀을까. 심지어 그 집 가장도 지금……. 엄마는 칼 든 손의 손등으로 이마에 흐르는 식은땀을 닦았다. 찬장에서 가장 예쁜 접시를 꺼냈다. 시집올 때 장만한 혼수였고 고이 모셔져 있다가 월세에서 전세로, 그리고 마침내 내 집 마련에 성공했을 때 집들이에 쓴 이후로 처음 꺼내는 것이었다. 지금 뭐 하는 짓이지? 라는 생각이 들었지만 즉시 힘겨

워졌기에 나중에, 언제가 될지 장담할 수 없는 먼 훗날에, 마저 생각을 이어 나가기로 했다.

불청객이 사 온 애플망고를 엄마는 가까스로 손질해 내왔다. 박정상은 그때까지 현관에 무릎을 꿇고 앉아 있었다. 한 세기 정도 흐른 것 같았다. 누구도 박정상을 일으켜 세우지 않았으므로 박정상은 스스로 뻘쭘하게 일어나야 했다. 엄마, 아빠, 박정상이 식탁에 둘러앉았다. 세 식구처럼 보였다. 장하나가 다가와 식탁으로 점프해 올라왔다. 여섯 조각 난 애플망고에 코를 대고 벌름거렸지만 맛을 보지는 않았다. 남의 음식을 탐내지 않는 것은 고양이의 큰 미덕이었다. 장하다는 여전히 에어컨 위에 식빵 자세로 앉아 있었다. 어딜 보는지 알 수 없었다. 둘 다 길에서 주운 고양이로 장하나가 먼저 우리 집에 왔고 장하다는 1년쯤 뒤에 왔다. 장하나는 길에 흔히 보이는 코리안숏헤어 치즈태비였고 장하다는 신비롭게 생긴 청회색 러시안블루 — 아마도 품종묘 — 였다. 집에 놀러 온 손님들에게 둘째 고양이 이름을 맞히게 하는 건 아빠의 고약하고 재미없는 취미 중 하나였다. "얘는 장하나, 그리고, 쟤 이름은 뭐게?" 손님들은 십중팔구 "장두리." 했다. 그러면 아빠는 엄청나게 만족하며 껄껄 웃었다. "장하다." 장하다는 착하고 약간 자폐였고 부모님은 언뜻 장하다를 편애하는 것처럼 보였지만 알게 모르게 장하나를 더 좋아했다.

세 사람은 접시 위에 놓인 애플망고를 잠시 물끄러미 바라보았다. 아빠가 갑자기 생각난 것처럼 박정상의 멱살을 잡았다. 엄마는 아빠를 말리지 않았고 그저 의미를 해독하려는 듯 쳐다보기만 했다.

"너. 너……" 엄마가 말리지 않자 아빠는 당황한 듯 우물거렸다. "너 이 자식."

엄마는 어쩐지 그래야 할 것 같아서 아빠를 말렸다. 아빠는 약간 안도하며 박정상의 멱살을 놓았다.

그때 엄마의 내부에서 조금 의심하는 마음이 싹텄다. "혹시……"

"아뇨. 아뇨. 아뇨." 박정상이 손사래를 쳤다. 항소라든지 탄원서라든지, 접견실에서 아버지가 우려했던 일이 일어나려 하고 있었다. 그러니까, 오해가. 어쩌면 아버지가 옳았는지도 모른다. 언제나, 거의 언제나 그랬던 것처럼. "그런 거 아니에요. 저는 그냥……"

"그냥?" 엄마가 뒷말을 기다렸다. 그러나 듣고 싶은지 아닌지 확신이 없었다.

"사과하러 왔어요." 박정상이 약간 포기하듯 말했다. 그러고는 고개를 푹 수그렸다. 그러자 보고 싶지 않았던 걸 보지 않을 수 있게 되었다. 아까부터 박정상의 시야에 들어오던 게 하나 있었던 것이다. 굳게 닫힌 흰 문. 다른 방들의 문은 살짝 열려 있었는데 저 문만 고집스레 닫혀 있었다. 그 너머에 뭐가 있을지 박정상은 가늠할 수 없었다. 아니 그보다, 있을지 없을지. 하나도 빠짐없이 그대로일지, 아니면 하나도 빠짐없이 치웠을지.

"죄송합니다."

박정상이 사과하자 엄마는 뺨을 맞은 사람처럼 얼떨떨한 표정이었다. 아빠가 이번에는 진짜로 화를 냈다. "너 이 자식!" 왜냐하면, 박정상에게는 사과할 자격이 없었다. 사과해야 하는 사람은 따로 있었다. 그렇지 않은가?

그래도 기특해.

그날 얼굴에 나이트 크림을 바르고 잠자리에 든 엄마의 뇌리에 잠깐 스쳐 지나간 생각이었다.

다음 날 엄마는 평소와 다를 바 없이 출근해 총 마

흔세 가구를 방문했다. 엄마는 삼천리 도시가스 검침원이었다. 사람들은 점점 외부인을 믿지 않았고 의심의 눈초리를 보내곤 했기에 엄마는 일터에 진입하는 것조차 어려웠다. 일터에 진입하는 것 자체가 일이었다. 사람들은 엄마를 잠재적 살인자 취급했다. 엄마에게 문을 열어 주지 않았다. 엄마는 녹초가 되었다.

엄마는 검침원이자 '기억 친구'이기도 했다. 가스를 점검하러 가는 김에 치매 노인이 잘 계신지도 체크하는 역할로, 지자체에서 임명했다. 엄마는 임세라 할머니가 사는 행복주택에 방문했다. 잘 아는 할머니였다. 임세라 할머니는 엄마가 방문할 때마다 화들짝 놀라 천장 — 하늘 — 을 올려다보곤 했다. 새똥을 피하는 사람처럼 자기 머리를 보호하곤 했다. "비행기." 임세라 할머니는 그렇게 뇌까리곤 했다. 엄마는 임세라 할머니가 거주하는 곳에 방문하기가 싫었다.

엄마가 찾아오자 할머니는 허리를 수그리고 머리를 가린 채로 거실을 가로질러 와 엄마를 이끌어 식탁 아래로 숨겼다.

"임세라 할머니." 엄마가 임세라 할머니를 타이르려 하자 임세라 할머니가 쉬이, 하고 엄마를 조용히 시켰다. "괜찮으세요, 할머니?" 엄마가 임세라 할머니의 상태를 살폈다. "괜찮아요, 할머니." 엄마가 임세라 할머니를 안심시켰다. 엄마는 집에 돌아가고 싶었다.

"쉬이."

둘은 한동안 숨죽이고 있었다.

엄마는 옴짝달싹 못 했다. 움직이면 진짜 큰일이라도 나는 것처럼. 그렇지만 엄마는 다리가 저렸다. "임세라 할머니." 엄마가 임세라 할머니의 상체를 감싸안자 자디잔 진동이 느껴졌다. 추위하거나 무서워하는 듯했다. 엄마는 임세라 할머니의 팔뚝을 쓸어 대며 마찰로 열을 냈다. "임세라 할머니."

임세라 할머니는 점점 심하게 떨었다. 임세라 할머니가 흐느꼈다. 엄마는 임세라 할머니의 머릿속에 떨어지는 포탄 소리를 들었다.

엄마가 낮은 목소리로 천천히 불렀다. "세라야."

가스는 문제없었다. 점검 기록을 마친 뒤, 기억 친구이기도 한 엄마는 매뉴얼대로 보건소에 임세라 할머니의 상태를 보고했다:

특이사항 없음.

그 시각 아빠는 배달 중이었다. 아빠는 원래 은행원이었는데 아빠가 다니던 S은행에서 만 40세 이상에게 희망퇴직을 받았다. 처음엔 그만둘 생각이 없었지만 공교롭게도 그 시기에 집에 우환이 닥친 터라 아빠는 겸사겸사 일을 그만두었다. 퇴직금으로 대형 로펌 변호사를 사서 박태섭과 법정에서 싸울 생각이었다. 애초에 원심의 형량에도 피가 거꾸로 솟았다. 8년. 고작. 아빠는 박태섭이 뻔뻔하게 항소할 거라고 예상했다. 그러나 박태섭은 자신의 잘못을 인정했다……. 항간에는 지은 죄가 많아 오히려 감옥 안이 안전하다는 소문이 있었다. 알 수 없는 일이었다. 누가 알겠는가?

아빠는 음주운전 사망 사고에 살인죄를 적용하고자 국민청원을 넣고 언론사와 인터뷰를 하는 등 백방으로 뛰었지만 사람들의 동의를 얻는 데는 실패했다. 여론은 부모님에게 꿍꿍이속이 있다고 의심했다. 부모님을 장사치라고 생각했다. 아빠는 마음이 괴로울 때마다 도보 배달을 나가기 시작했다. 잡스러운 생각이 들어서지 못하게 몸을 움직여야 했다. 변호사비로 쓰였어야 할 퇴직금이 생활비로 야금야금 줄어드는 것도 보기 싫었다. 그렇게 모르는 사이에 배달 일이 직업이 되어 버렸다. 아빠는 쿠팡이츠와 배달의민족을 동시에 켜 놓고 하루에 2만 보 넘게 걸었다. 오토바이를 탈 생각은 없었다. 아빠는 많이 걷고 싶었다.

  사람들은 점점 배달을 안 시키려 했다. 경기도 어려워지고 살림살이도 팍팍해져서 집에서 만들어 먹거나, 아니면 날씨가 따뜻해졌으니 밖에 나가서 사먹는 것 같았다. 그래도 오늘은 모처럼 단비가 내려 콜이 많이 뜨는 편이었고 우천으로 인해 배달 단가도 높았다. 아빠는 검은 판초형 우의를 입고 열심히 걸었다. 모자에 달린 투명 캡에 빗물이 맺혔다 흘러내렸다. 아빠는 휘파람을 불었다.

  빙수 가게 문을 열어젖히며 아빠가 외쳤다. "안녕하세요, 배민이요."

  아직 음식이 준비되지 않았고 다른 콜도 뜨지 않은 상태라 아빠는 젊은 여자 사장과 한담을 나누었다. 우천이 아빠에게는 호재였지만 사장에게는 아닌 모양이었다. 이 주문이 마수걸이라고 했다. 사장은 하얀 니트릴 장갑을 낀 손으로 빙수에 토핑을 얹고 조그만 플라스틱 종지에 연유를 짜서 담았다. 굉장히 느릿느릿한 동작이었다. 왜 별점이 낮은지 이해되었다. 사장이 은박 보냉백에 빙수를 포장하는 동안 아빠는 가게 내부를 구경했다. 버릇처럼 위생 상태를 살짝 체크했는데 크게 더러운 곳은 없었고 그제야 부수적인 것, 그러니까 인테리어 따위가 눈에 들어왔다. 벽에 사진이 가득했다. 피사체는 모두 같은 사람인 듯했는데 자세히 보니 빙수 가게 사장이었다. 사진마다 모습이 딴판이었다. 호기심이 동한 아빠가 실례를 무릅쓰고 사진들을 유심히 보자 사진 속 주인공이 사정을 설명했다. 영화 촬영 현장이라고. 그 사진들은 빙수 가게 사장의 필모그래피였다. 그러니까 사장은 배우였고 독립영화 몇 편에 출연한 경력이 있었다. 또한 이 빙수 가게는 지난 코로나 시국 때 그녀의 꿈을 뒷바라지하기 위해 차려진 곳이었다.

아빠가 공사판에서 교복이 반쯤 찢긴 채 각목에 힘겹게 기대 서 있는, 콧등에 뽀로로 밴드를 붙인 불량 청소년 사진을 가리켰다. "이건 무슨 영화예요?"

"「펑키 정키 럭키」요." 추억에 잠기려는지 젊은 여자 사장의 눈에 초점이 풀렸다. 사장이 영화에 관련된 이런저런 비화를 들려주기 시작했다. 아빠가 맞장구를 쳐 주자 신이 났는지 이야기가 사방팔방 뻗쳤다. 썩 흥미롭기도 해서 더 듣고 싶었지만 아빠는 빙수가 녹기 전에 말을 끊어야 했다. 아빠 가게는 아니었지만 그래도 이 가게의 별점을 사수하고 싶었다. 이 가게는 잘되어야 했다. 생각보다 오래 중단된 그녀의 꿈을 위해서. 사장이 어깨를 으쓱하더니 봉지 손잡이를 예쁜 리본 모양으로 묶어 아빠에게 건네주었다.

어차피 가게의 첫 주문이었고 아빠가 도착한 이후 더 들어온 주문 건은 없었기에, 즉 이곳에서 한 번도 '띵동, 배달의민족 주문, 배달의민족 주문' 소리를 듣지 않았기에 다른 건과 혼동될 리는 없었지만 그럼에도 아빠는 봉투에 붙은 영수증을 확인했다. 2만 9000원. 요즘 사람들은 밥보다 비싼 디저트를 먹는데 조금도 거리낌이 없었다. 아빠 입장에서는 좋은 일이었다. 콜 수가 늘어나는 데다 가볍기까지 하니 말이다. 그런데 아까 배달을 수락할 때도 생각했던 거지만, 참 야리꾸리한 메뉴 이름이었다. "애망빙?"

그 시각 장하나는 사냥에 여념이 없었다. 엉덩이를 씰룩거리고 꼬리를 뱀처럼 움직였다. 동공이 확장되고 수염이 바짝 섰다. 그리고 폴짝. 발톱 세운 발로 맨땅을 짚고 미끄러졌다. 장하나가 지그재그로 폴짝거리며 맨땅을 두들겨 팼다. 그러니까 장하나는 그 애만이 볼 수 있는 가상의 쥐를 사냥 중이었다. 혼자서도 잘 놀았다.

장하나는 길거리 시절을 기억하지 못했다. 하지만

장하나는 그 시절을 감각하곤 했다. 시멘트 바닥, 길에 핀 잡초, 화단의 꽃, 뜯어 먹으면 기분이 좋아졌던 풀, 개미, 찢긴 쓰레기봉투, 친하게 지내던 까마귀, 가끔 싸움을 걸던 까치, 맛있지만 사냥하긴 까다로웠던 참새, 마음씨 좋은 사람이 따 주었던 참치 캔, 그리고 또 뭐가 있더라, 누군가가 구조한다고 훔쳐 간, 아직 눈도 채 뜨지 못한 새끼 고양이. 그리움과는 달랐다. 이곳이 싫은 것도 아니었다. 그때는 그때, 지금은 지금. 그렇지만 장하나는 지금 그때를 살 수도 있었다.

투명 쥐를 잔인하게 살육한 뒤 장하나는 스크래처를 발톱으로 박박 긁으며 여흥을 즐겼다. 도기 그릇에 담긴 물을 한 모금 마시고, 생각난 김에 바로 옆 그릇의 사료도 두 알 깨물어 먹었다. 그런 다음 장하나는 닫힌 방문 쪽으로 천천히 걸어갔다. 머리를 디밀고 몸통을 딱 붙이고 걸으면서 꼬리로 자기 냄새를 묻혔다. 한 바퀴 크게 빙 돌아 다시 문 앞. 장하나가 문을 올려다보며 미요 울었다. 열라고 항의하는 것 같았다. 고양이들은 원래 문이 닫혀 있는 걸 싫어한다.

장하나의 귀가 쫑긋거렸다. 언젠가 들어 본 적 있는 발소리가 들려왔기 때문이다. 임세라 할머니 댁과 임세라 할머니의 기억 속 전쟁터에서 가스와 정신 상태를 모두 점검하고 퇴근한 엄마가 운전해 돌아오고 있었다. 애망빙과 떡볶이와 그릭요거트를 배달한 아빠도 더 이상 콜이 뜨지 않자 우의를 부스럭거리며 걸어 돌아오고 있었다. 장하나가 들은 건 어제 과일 바구니를 들고 찾아왔던 박정상이 백화점에서 구움과자를 사 들고 다시 찾아오는 소리였다.

그 시각 장하다는
동그란 회색 솜뭉치처럼
아무런 생각이 없었다.

박정상은 다음 날도, 그다음 날도 찾아왔다. 평소 엄마는 집에 가고 싶다는 생각으로 일했고 아빠는 집에 가기 싫다는 생각으로 일했기에 퇴근했을 때 박정상과 마주치는 건 주로 엄마였다. 엄마는 하루는 화들짝 놀랐고 하루는 무서웠고 하루는 지긋지긋했고 그러다 이제는 슬슬 박정상이 걱정되기 시작했다. 고3이라고 하지 않았던가. 이럴 시간이 어딨다고. 엄마는 자기 가슴을 주먹으로 퍽퍽 때렸다. 앞으로도 엄마는 고등학생 자식을 둔 엄마가 되지 못할 터였다.

엄마의 걱정대로 박정상은 공부할 시간이 부족했

고 학습량을 벌충하느라 밤을 새우곤 했다. 그러다 결국 피로가 극심해진 박정상이 코피를 흘렸다. 엘리베이터에서 내린 엄마가 그 모습을 보고 놀라 박정상을 집 안으로 이끌었다. 되는대로 서랍을 열어 손수건을 꺼냈고 박정상의 코를 틀어막았다. 박정상이 고개를 젖히려 하자 엄마가 박정상의 뒤통수를 받쳐 제지했다. "젖히면 안 돼."

코피가 났을 때 박정상에게 고개를 젖히면 안 된다고 알려 준 사람은 살면서 한 명도 없었다. 부친은 언제나 공사다망했고 모친은 누군지 몰랐기 때문이다. 박정상은 고개를 뻣뻣이 든 채 자신이 서 있는 공간을 보아야만 했다. 싱글 침대와 하트 모양으로 누빔이 된 분홍색 차렵이불. 단단해 보이는 체크무늬 책가방. 책장을 빽빽하게 채운, 거의 새것 같은 하드커버 동화책들. 선반을 따라 죽 늘어선 티니핑 장난감들. 은색 연필깎이. 지점토로 직접 만든 연필꽂이에는 조그만 지문 자국이 무수히 찍혀 있고, 거기에 꽂아 둔 색색깔의 펜들. 사각형의 시간표. 원형의 생활 계획표에서 가장 많은 부분을 차지하는 '꿈나라'와 눈 감은 달과 별 그림. 노란 초승달의 코에서 흘러나와 위로 솟구치는 콧물 방울 그리고 ZZZ. 벽에 투명 테이프로 고정해 둔 빨간 색종이 카네이션. 리본의 한쪽에는 삐뚤빼뚤한 글씨로 '엄마 아빠', 다른 한쪽에는 '사랑해요'.

기회를 틈타 장하나가 잽싸게 방으로 들어왔다. 침대로 폴짝 뛰어올라 몸을 이리 뒤집고 저리 뒤집으며 난리를 피웠다. 장하나의 몸에서 골골거리는 진동이 울렸다.

도어록 소리가 들렸다. 아빠가 마지막으로 피자 배달까지 마치고 귀가한 것이었다. 판판하고 넓어서 배달 가방에 안 들어가고 그래서 잘 식고 또 한쪽으로 쏠리기 일쑤라 컴플레인이 자주 들어오는 데다 그러면 온전히 자기 돈으로 물어 줘야 해서 아빠가 굉장히 꺼리는 음식이었다. 그렇지만 콜을 거절하면 배차에 불이익이 있다기에 어쩔 수 없이 받았다. 다행히 큰 문제는 없었지만 신경이 곤두서는 건 어쩔 수 없었다. 그런 뾰족한 상태로 아빠가 집에 돌아와서 목격한 건 엄마와 분홍색 티니핑 손수건으로 코를 막고 있는 박정상이었다. 그리고 그 둘이 서 있는 방. 기억보다 훨씬, 터무니없을 정도로 작아 보이는 방. 아빠가 나타나자 박정상과 엄마는 어쩐지 부정을 저지른 사람처럼 얼어붙었다. 처음에 아빠는 엄마가 박정상을 구타한 줄로 오해했다. 아니라는 걸 서서히 깨달았다.

아빠는 두 사람을 남겨 두고 문을 쾅 닫고 나갔다. 장하나가 침대에서 뛰어내려 와 닫힌 문 앞에 서서 미요 울었다.

사고가 일어난 날 박태섭은 술이 깰 만큼은 충분히 자고 일어났다고 생각했다. 막걸리는 술보다는 밥에 가깝다는 게 박태섭의 지론이었다. 그렇지만 신발에 발을 꿸 때는 살짝 비틀거렸다. 술기운 때문이 아니라 운동 부족 때문이었다. 자고 났더니 입안이 잣 막걸리 냄새로 쿰쿰했다. 고음악 동호회 총무가 와서 박태섭의 팔을 붙들었다. "형님, 어디 가요?"

박태섭은 팔을 휘휘 저었다. 저리 꺼지라는 뜻이었지만 원체 점잖은 양반이라 말은 하지 않았다. 뭔 상관이람. 어디 가는지는 박태섭의 프라이버시였다. 그리고 어딜 가든지 말든지 그건 박태섭의 자유였다. 박태섭이 입을 연 건 그로부터 삼십 분 뒤 사고 신고로 출동한 경찰관이 내민 음주측정기 앞에서였다.

"비행기."

엄마는 임세라 할머니에게 붙들리고 말았다. 하교

시간에 맞춰서 퇴근하려던 참이었다. 아직 '기억 친구'로 임명되기 전이었고 — 제도도 마련되기 전이었다. — 그저 검침원으로서 임세라 할머니가 사는 집에 처음 방문한 날이었다. 엄마는 임세라 할머니의 상태를 몰랐기에 몹시 당황했다. "비행기요?" 엄마는 북한이 쳐들어온 줄 알았다. 포털 사이트에 공습 사실이 있는지 찾아보았지만 세상은 평화로웠다. 평화로웠다, 세상은. 몇 차례의 공허한 질문 끝에 엄마는 세상이 아니라 임세라 할머니의 머릿속에 문제가 일어났음을 알아챘다. 엄마는 겁에 질린 임세라 할머니의 어깨를 흔들었다. "괜찮으세요, 할머니?"

"쉬이."

임세라 할머니의 식탁 밑에서 엄마는 아빠에게 전화를 걸었다. 하교를 부탁하기 위해서였다. 이런 노인을 두고 도대체 어떻게 간단 말인가. 이미 시간이 많이 지체된 상태였고 지금 출발해도 늦을 게 뻔했다. 혼자서도 알아서 잘 찾아올 테지만, 아무렴 얼마나 똑똑한데, 그래도 아직은 곁에서 지켜봐 주고 싶었다.

아빠는 은행 창구에서 대출을 팔고 있느라 엄마의 전화를 받지 못했다. 전화가 온 건 봤는데 이내 핸드폰을 뒤집었다. 애초에 엄마는 일하는 시간을 자유롭게 하기 위해 광고 회사를 그만두고 검침원 일을 시작한 거였는데 특유의 오지랖 때문에 오히려 제시간 안에 일을 끝낼 때가 드물었다. 아빠는 당일에 오후 반차를 내는 일이 잦아져 지점장에게 찍힌 상태였다. "자네 와이프도 다 누울 자리 보고 발 뻗는 거야, 구 과장." 회식 때 지점장은 맥주잔에 소주를 가득 따라 주며 조언했었다. 근무평정까지 얼마 남지 않은 터였다. 아빠는 승진하고 싶었다. 대출을 다 갚고 식구들이랑 진짜 내 집에서 살고 싶었다. 파는 입장에서 할 말은 아니지만, 어쩌면 파는 입장이라서 더더욱, 대출이라면 꼴도 보기 싫었다.

두 번째로 전화가 울렸을 때 지점장이 커피를 쏘겠다고 말했다. 노곤해도 졸지들 말라는 경고였다. 서 대리가 괜히 찔려서는 "배달 시킬까요." 하고 나섰다.

"내가 그냥 얼른 다녀올게." 그렇게 말하고 아빠는 자리에서 일어났다. 마침 대출 창구에 대기하는 손님이 없었다. 지금 배달을 시키면 못해도 한 시간은 걸릴 거였다. 걸어가면 오 분도 안 걸리는데 말이다. 몸이 찌뿌둥해서 바깥바람을 쐬고 싶은 것도 있었다. 아빠는 엉덩이가 가벼운 편이었고 아무리 생각해도 은행원은 적성에 안 맞는 것 같았다. 색맹 때문에 포기했지만 원래 아빠의 꿈은 강력계 형사였다. 적성에도 안 맞는 은행 일을 어쩌다 보니 10년 넘게 하고 있었다. 오로지 가정의 안녕을 위해서였다. 메가커피로 향하는 길에 아빠는 아까 "담배도 피울 겸."이라는 사족은 괜히 달았나 하고 잠깐 후회했다. 주문대 앞에 서고 나서야 아빠는 깜빡하고 핸드폰을 두고 나왔다는 사실을 깨달았다. 진짜 깜빡한 게 맞는지는 알 수 없었고 사고 이후에도 아빠는 절대로 그것에 대해 생각하지 않았다.

닫혀 있던 방문이 휙 열렸다.
"얘가," 엄마가 박정상을 쳐다보며 아빠에게 말했다. "뭘 잘못했는지 모르겠어."
박정상은 피범벅이 된 티니핑 손수건을 구겼다 폈다 하며 괜스레 만지작거리고 있었다. 지혈은 되었지만 콧구멍 부근이 핏자국으로 빨갰다. 그래서 진짜 맞은 것처럼 보였다. 박정상은 어쩔 줄 몰라 했다. 다 자기 잘못이라고 생각하는 것 같았다.
"좋아." 아빠가 말했다. "좋아."
이 기회를 틈타 장하나가 열린 문으로 빠져나왔다. 항의하듯 짧게 울어 주는 것도 잊지 않았다. 목이 다

쉬어서 미요, 가 아니라 히효, 하고 우는 것처럼 들렸다. 밖에 갇힌 것보다 안에 갇힌 게 아마 더 힘들었을 것이다. 꼭 길고양이가 아니더라도 말이다.

"박정상 군." 아빠가 박정상을 불렀다. 그러고는 화장실 가는 장하나를 검지로 천천히 가리켰다. "얘 이름은 장하나, 그리고……."

"그만." 엄마가 아빠를 멈춰 세웠다. "장난해?"

"장난 아니야, 여보. 나 장난하는 거 아니야." 아빠가 말했다. "지금 이게 장난하는 걸로 보여?"

아빠는 박정상을 시험하고 있었다. 그보다, 운에 맡기려는 것 같았다. 원래도 아빠는 중요한 일을 운에 맡기곤 했다. 답이 나오지 않을 바에야 그게 깔끔했다. 일종의 동전 던지기였다. 한쪽 확률이 유난히 높은 동전 던지기. 아빠는 박정상이 답을 맞히면 용서할 것이고, 맞히지 못하면 용서하지 않을 작정이었다.

"가." 엄마가 박정상을 현관으로 밀어 댔다. 아빠로부터 박정상을 보호하려는 것처럼 보였다. 무슨 대답이 되었건, 박정상이라는 골칫거리가 사라지는 것이 엄마는 두려운지도 몰랐다. "아냐, 됐어. 손수건은 가져가. 다음에도 코피 나면 고개 젖히지 말고."

"박정상 군."

엄마의 성화에 서둘러 집을 나서던 박정상이 아빠의 부름에 몸을 돌렸다. 뒤를 돌아보지 말라는 금기를 어긴 오르페우스처럼. "박정상 군." 아빠가 비장하게 박정상을 불렀다. 돌아선 박정상이 대답 대신 침을 삼켰고 목울대가 위아래로 움직였다. 장하나가 모래로 소변을 파묻는 소리가 선명하게 들렸다. 화장실에서 나오면서 모래까지 같이 딸려 나오는 소리도.
 "얘 이름은 장하나, 그리고, 쟤 이름은……" 아빠가 에어컨 위에 식빵 자세로 앉은 둘째를 가리켰다. "장하다다."

 그날 밤 엄마 아빠는 장하나의 목이 더 쉴까 봐 안방 문을 닫지 않고 사랑을 나누었다. 사고 이후 처음 있는 일이었다. 아빠가 오랜만에 엄마에게 팔베개를 해 주었고 그 상태로 두 사람은 이야기했다. 부모님은 박정상을 용서하기로 했다. 박태섭의 아들이라는 것 말고 박정상에게는 잘못이 없었다. 그리고 어쩌면, 결코 확신은 없지만, 박태섭까지 용서할 수 있을지도 몰랐다. 박태섭이나 박정상을 위해서가 아니라 오로지 자신들을 위해서. 왜냐하면 엄마랑 아빠도 살아야 하기 때문이었다.

두 사람은 거의 동시에 잠들었다. 꿈은 꾸었지만 꿈에서도 나쁜 일은 일어나지 않았다. 엄마가 몸을 뒤척이자 아빠가 아까까지 베개였던 팔을 치우고 이불을 끌어 올리며 돌아누웠다. 창밖이 검다가 점점 파랬고 공기청정기가 돌아가는 소리가 들렸다. 안방 문 경첩에서 끼익 소리가 났다. 어떤 그림자가 침대로 올라오더니 엄마의 겨드랑이 사이를 파고들었다. 그러고는 오래 들고 있었던 짐인 양 엉덩이를 툭 내려놓고 몸을 동그랗게 말았다. 따끈한 회색 털북숭이 몸통이 부풀었다 꺼졌다 부풀었다 꺼졌다.

 엄마가 천천히 눈을 떴고 잠시 우리의 눈이 마주친 것 같았다. 다행히 엄마는 다시 눈을 감았다. '미안해, 아가. 엄마가 용서해서 미안해.' 엄마가 소리 없이 입 모양으로만 말했다.

 나는 엄마를 용서했다.

허 수 입력

오래전 영등주유소에서 불이 난 적이 있다. 정확히는 주유소 사무실 2층이었다. 영등주유소는 이름에서 추측할 수 있듯 영등동에 위치해 있었다. 시의 중심부라고 해도 좋았다. 사람들이 많이 살고 많이 드나드는 곳이었다. 대형 할인 마트와 영화관이 최초로 생긴 곳이기도 했다. 기름값이 다소 비쌌지만 손님이 많았다. 화재는 아주 작은 규모로 발생했다. 주유소 사모님이 어머 깜짝이야 하고 불씨를 토닥이는 것만으로 수습이 되었다. 당연히 신문에도 나지 않았다. 하마터면, 주유소 사모님은 가슴을 쓸어내렸다, 하마터면 불씨가 휘발유에 옮겨붙을 수도 있었다. 가스가 폭발할 수도 있었다. 영등주유소는 엄청나게 많은 양의 가스와 기름을 보유하고 있었고 또 그걸 파는 곳이었다. 하마터면 영등동 일대를 쑥대밭으로 만들 수도 있었다.

"절대 얘기하면 안 된다." 주유소 사모님이 당부했다. "말하면 우리 망하는 거야."

영등주유소 사무실 2층은 우리 가족이 사는 집이었다.

당시 나는 영등동에 있는 영등초등학교에 다녔다. 미취학 아동에서 막 학생이 된 참이었다. 영등주유소 소장, 즉 아빠는 나를 학생이라고 불렀다. 별다른 노력이 없어도 나이만 차면 아이들은 학생이 된다. 그렇지만 학생으로 불리는 일은 무언가를 이루었다는 착각과 뿌듯함을 자아냈다. 노력 없이 얻은 보상. 그에 수반되는 약간의 부끄러움. 어쩌면 학생이라는 호칭이 너무 좋았기 때문에 훗날 내가 대학을 10년 이상 다니게 된 것일 수도 있다. 생의 대부분을 학생으로 살게 된 것일 수도 있다. 현재 나는 학생 선생님 아가씨 아줌마 저기요 등 여러 가지로 불리는데 그중 학생으로 불리는 게 가장 흐뭇하다고 생각한다.

기나긴 학생 인생의 기념할 만한 첫해, 여덟 살, 영

등초등학교 1학년 시절에 나는 주유소 사무실 2층에 살았다. 학교에 가면서 알게 된 사실 하나는 내게 열쇠가 없다는 것이었다. 지금은 디지털 도어록이 보편화되어 있고 심지어 자동차도 카드로 열지만, 그보다 진보한 이들은 스마트폰으로 열쇠를 대체하기도 하지만, 그때만 해도 진짜 열쇠로 문을 열고 다니던 시대였다. 집이 있다면 열쇠도 있어야 했다. 친구들은 목에 열쇠를 걸고 다녔다. 주머니에 넣으면 잃어버릴 테니까 각 가정의 부모들이 자녀의 목에 노끈에 꿴 열쇠를 걸어 주었다. 노끈의 색깔과 모양새가 패션의 척도가 되기도 했다.

영등주유소는 24시간 운영되는 곳이었으므로 그곳 사무실 2층도 항시 개방되어 있었다. 가정집이었으되 직원들의 비공식 화장실로 쓰이곤 했다. 주유소의 공식 화장실은 불특정 다수의 사용으로 인해 너무 붐비고 더러웠기 때문이었다. 예나 지금이나 주유소 화장실은 기름을 넣으러 온 손님뿐만 아니라 급한 불을 꺼야 하는 행인에게도 아주 이상적인 장소다. 영등주유소의 아르바이트생들에게는 그다지 달갑지 않은 일이었다. 그러므로 자연히 나는 열쇠를 가질 수 없는 형편이었다. 집 문을 잠그면 누군가는 대소변을 처리하는 데 곤란을 겪기 때문이었다. 학교에 가게 되면서 열쇠가 없다는 사실을 알았다. 어떤 날 하굣길에 한 남자애가 너는 집이 없느냐고 물었다.

"있어."

"어딘데."

"있어."

우리 집 화장실의 주 이용객인 영등주유소 아르바이트생들은 대개 십 대 후반에서 이십 대 초반의 남성들로 구성되어 있었다. 워낙 자주 바뀌었기 때문에 누가 누구인지 기억하려 노력하지는 않았다. 그중 한 오빠가 대변을 보면서 담배를 피웠다. 당시에는 실내 흡연이 합법이었고 어린이가 있는 장소에서의 흡연에 대해서도 별로 경각심이 없었다. 그 오빠는 재를 완전히 제거하지 않은 꽁초를 쓰레기통에 버림으로써 불을 냈다. 부주의에 의한 화재였다. 엄마는 이 일을 비밀에 부쳤다. 원래도 친구들에게 말할 생각이 없었지만 비밀이라고 하니까 마음이 힘들었다. 영등동 일대를 쑥대밭으로 만들 수도 있었다. 훗날 나는 이 사실에 대해 자주 생각하게 된다. 아마 그때가 가장 큰 영향력을 지녔을 때가 아니었을까. 만약 내가 사람을 죽이게 된다면 그 방법이란 아마도 과실치사가 되지 않을까. 수신인을 알 수 없는 화, 그 누구도 특정하지 못함으로써 갈피를 잃은 원한이 실수라는 형태로 가슴에서 터져 나오며 무고한 사람, 그것도 아주 많은 사람을 죽거나 다치게 하지 않을까.

그날 하굣길에 나는 집이 없느냐고 시비를 건 남자애와 몸싸움을 벌였다. 체격 차이가 크지 않았으므로 겨뤄 볼 만했다. 먼저 코피가 나는 사람이 지는 게임이었고 내가 졌다. 영등주유소로 돌아오며 나는 생각했다. 너도 영등동 살지. 내가 너를 죽일 수도 있었어. 물론 내가 낸 불이 아니었으므로 말이 되지 않았지만 거기까지는 생각하지 못했다. 나는 그 남자애에게 비밀에 부쳐진 화재에 대해 발설하고 싶었다. 발설하는 순간 진짜 화재와 폭발이 일어나기라도 할 것처럼. 하지만 그럴 수 없었다. 말하는 순간 사업이 망하게 될 거라고 엄마가 누누이 강조했기 때문이었다.

주유소 화재의 범인인 아르바이트생 오빠는 피떡이 된 내 코를 보며 누가 그랬느냐고 물었다. 나는 대답하는 대신 누군가가 맡기고 간 승용차 뒷좌석에 탔다. 자동 세차기가 차를 깨끗하게 하는 모습을 구경했다. 바깥은 쨍쨍한데 여기에만 비가 오는 것 같았다. 가만히 있는데도 차가 앞으로 뒤로 달리는 것 같았다. 거품이 뿌려지고 크고 작은 붓들이 여러 방향으로 움직였다. 멀미가 났다. 세차 후의 물기는 자동으로 제거되지 않았으므로 두 명의 직원이 마른걸레를 들고 민첩하게 달라붙었다. 내가 가장 사랑하는 순간이었다. 나는 안에 가만히 앉아 있는데 밖에서는 열심히 물기를 훔치는 순간. 누군가의 열심을 구경하는 순간. 나는 차에서 내려 소매로 코를 닦았다. 다음 날 아르바이트생 오빠가 영등초등학교 앞에 왔다. 누구야? 쟤야? 아니면 쟤야? 학기 초였고 애들은 다 거기서 거기로 생겼고 딱히 기억력이 특출한 것도 아니었으므로 얼굴이 헷갈렸다. 나는 전날 싸웠다고 생각되는 아이를 가리켰다. 목에 열쇠를 매달고 있었다.

아르바이트생 오빠가 그 애를 피떡으로 만든 것은 아니었다. 그렇지만 어린아이에게 충분한 위협은 되었을 것이다. 큰 키와 건장한 몸을 과시하는 것만으로도. 얼마 뒤 알게 된 것이지만 그 애에게는 죄가 없었다. 나는, 인정하고 싶지 않지만, 그냥 아무나 가리킨 것 같았다. 걔는 나를 때렸던 아이가 아니었다. 나는 무고한 아이에게 사과했다. 그리고 100원을 건넸다. 사과에 신빙성을 더하기 위해서였다. 초등학생에게는 꽤 큰 돈이었다. 두 개면 병아리도 살 수 있었다.

아이는 말없이 은색 동전을 받았다. 나중에 나는 종종 이 순간을 기억하게 될 것이었다. 어처구니없어 얼굴이 달아오르면서. 과거로 돌아가 다른 방식으로 사죄하고 싶어질 것이다. 그 방법에 대해서는 영영 알 수 없을 것이다. 안다 하더라도 가능하지 않을 것이다. 사죄하고 싶다는 마음을 품는 것으로 조금의 죄는 덜었다고 안도할 것이다.

그 무고한 애를 위협하고 돌아오던 길에 나는 아르바이트생 오빠에게 열쇠를 가지고 싶다고 말했다. 모든 게 다 열쇠 때문이었다.

"아닌 것 같아." 오빠가 중얼거렸다. "걔 아니었던 거 같아."

안 쓰는 열쇠를 노끈에 꿰어 내 목에 매달아 준 게 누구였는지 나는 아직도 기억하지 못한다. 기억하기에는 주변에 사람이 너무 많았다. 차도 사람도 너무 많이 들락거렸다. 그리고 우리 집 문은 항상 열려 있었다.

도어록의 비밀번호 네 자리를 누르자 사촌 동생이 기함을 했다. 너무 쉽잖아. 그렇게 말하며 현관에서 급히 신발을 벗었다. 남의 집 비밀번호를 훔쳐보다니,

허수 입력 175

라는 생각은 들지 않았다. 일부러 보여 준 것이었다. 그리고 그 애가 훔쳐봐 주어서 좋았다. 오로지 입력의 편의성에 입각한 숫자 조합이었다.

사촌 동생은 보라매공원 근처 언어 치료 센터에서 이직을 위한 면접을 보고 온 참이었다. 서울에 올라온 지는 1년 정도 되었는데 막 상경했을 때 한 번 보고 지금이 두 번째 보는 것이었다. 내 자취방이 보라매공원에서 멀지 않았던 것을 기억해 내고는 놀러 왔다. 큰삼촌 딸이었고 나보다 네 살 어렸다. 새삼 언제 이렇게 컸나 싶은 생각이 들었다. 취직도 아니고 이직을 한다니. 신기하고 기특했다. 나는 뭐 하고 있나, 하는 자괴감은 들지 않았다. 나로 말하자면 취직도 아니고 이직도 아니고 퇴사를 했기 때문이었다. 1년도 채우지 못했다. 하던 대로 학교에나 다니고 싶었다. 나는 저녁으로 무얼 사 줄까 고민하며 버스 정류장으로 마중을 나갔다. 신호에 걸린 버스 안에서 사촌 동생이 손을 흔들었다. 나도 손을 마주 흔들며 몇 미터 앞의 정류장 쪽으로 걸어갔다. 사촌 동생이 버스에서 내릴 때 나는 또 손을 흔들었다. 그 애도 마주 흔들었다. 우리는 이거 먹을까 저거 먹을까 하면서 한참 돌아다녔다. 마침내 음식점에 들어서려는 순간 사촌 동생이 멈춰 서더니 고백 하나 해도 돼? 했다. 밥 먹은 지 얼마 안 되어 배가 안 고프다고 했다. 목이 마르다고 했다. 그보다 오줌이 마렵다고 했다. 나는 재빨리 주변을 둘러보았다. 누가 용변이 급하다고 하면 도와야 한다는 생각 말고는 아무런 생각도 들지 않는다. 주변에 믿음직한 화장실이 보이지 않았다. 그나마 집이 제일 가까웠다.

화장실에서 나온 사촌 동생이 발목까지 오는 스타킹을 벗었다. 거실화를 벗어 주려 하자 극구 사양했다. "언니, 나 발 씻어도 돼?"

"발 씻어도 돼."

손님이 발을 씻으러 다시 화장실에 들어간 사이 나는 옥상에 올라가 담배를 피웠다. 담뱃불을, 그 작고 동그란 화재를 구경했다. 지금 내 집 화장실에 사촌 동생이 있다고 생각하니까 기분이 이상했다. 그것도 발을 씻고 있었다. 불과 며칠 전 다른 사촌 동생 — 이모의 딸 — 의 결혼식 날 본가에 내려갔을 때 이 애를 만났고 지금 다시 만나는 거였는데 어쩐지 그날은 빼고 생각하게 되었다. 1년 전에 서울에서 만난 뒤 두 번째로 보는 것 같았다. 시간은 장소의 색인일 뿐이라는 생각이 들었다.

"발 뭘로 닦았어?" 나는 사촌 동생의 보송보송한 발을 보며 물었다.

사촌 동생이 발 닦는 용도의 수건을 가리켰다. 세탁을 위해 건조 중인 것이었다. "다 쓴 것 같아서."

"잘했어."

나는 에어컨을 켠 다음 사촌 동생에게 얼음물을 주었다. 컵이 하나뿐이라 내 물은 그릇에 따랐다. 사촌 동생이 그릇에 담긴 물을 마시고 싶어 했다. 나는 거부했다.

"고모가 나더러 언니 잘 돌봐 달래." 컵으로 물을 마시며 사촌 동생이 말했다.

"고모가 누구야?"

"언니 엄마."

대화는 자연스럽게 며칠 전 있었던 결혼식으로 흘러갔다. 나보다 두 살 어리고 이 애보다 두 살 많은 또 다른 사촌 동생이 결혼을 한 게 불과 며칠 전이었다. 이모의 딸이었다. 그때도 나는 쟤가 언제 이렇게 커서 결혼을 하게 되었나 생각했던 것 같다. 부부가 양가 어른에게 인사하는 순서가 왔을 때 나는 또 예외 없이 울었다. 결혼식에만 가면 항상 그 부분에서 울게 되었다.

사촌 동생 — 지금 내 앞에 있는 큰삼촌 딸 — 이 큰삼촌 얘기를 했다. 어떤 연유로 인해 사촌 동생은 큰삼촌 즉 자신의 아빠와 남보다 못한 사이가 되어 있었는데 그 결혼식에서 오랜만에 마주치게 되었다. 아빠 안녕하세요, 하고 사촌 동생은 인사를 했고 그게 그날 부녀가 나눈 유일한 대화였다. 그날 사촌 동생은 꽃무늬가 프린트된 화려한 원피스를 입고 왔다. 굽이 높은 구두도 신었다. 평소에는 수수한 차림을 좋아하는데 혹시라도 큰삼촌을 마주칠까 봐 신경을 쓴 것이었다. 미워하는 사람을 위해 예쁜 옷을 입는 일, 그 마음을 알 것 같기도 했고 모를 것 같기도 했다.

나로 말하자면 큰삼촌과 그보다는 많은 대화를 나누었다. 큰삼촌과 나만이 흡연자였기 때문이었다. 자연스레 흡연 구역에서 마주칠 수밖에 없었다. 나무 벤치가 아직 물기를 머금고 있었다. 전날 비가 많이 온 터였다. 다행히 그날은 춥지도 않고 화창했다. 막둥이 삼촌이 지나가며 장난스러운 표정을 지어 보였다. 딸랑구, 삼촌은 그런 거 신경 안 써. 오래전 영등주유소에서 아빠를 도와 일했던 둘째 삼촌은 별말 없이 지나갔다. 큰삼촌은 나와 같이 앉아 담배를 피웠다. 그러다가 큰삼촌이 내게 맞선을 주선하게 되었다. 왜인지는 모르겠다. 이후 서울로 올라와 나는 실제로 몇 번 선을 보았다. 불과 며칠 사이에 벌어진 일이었다.

내가 사촌 동생에게 맞선 얘기를 한 게 크나큰 실례는 아니었을 것이다. 사촌 동생과 큰삼촌은 부녀지간이었지만 이미 서로에게 무관했다. 또한 나는 그 둘과 각기 독립적인 관계를 맺고 있었다. 맞선은 너무 최근에 일어난 일이었고 내 인생에 있어 굉장히 예외적인 일이었다. 얘기를 안 하는 게 더 이상했다.

"심씨가 소개해 준 사람이 과연 좋은 사람일까?" 사촌 동생이 의문을 제기했다. 자기 아빠가 딸이 아니라 조카 — 나 — 와 어떤 관계를 형성한 것에 대해 별로 기분 나빠 하지는 않는 것 같았다.

"너도 심씨잖아."

그때 심씨 성을 가진 사람, 엄마에게서 전화가 왔다. 나는 사촌 동생과 같이 있다고, 그 애와 눈을 마주치며, 말했다. 사촌 동생이 면접에 대해 함구하라는 신호를 주었고 나는 알겠다는 뜻으로 윙크했다. 엄마가 맞선 본 남자와 어떻게 되었느냐고 물었다. 그러더니 목소리를 낮추었다. "삼촌한테 소개받았다고 얘기한 거 아니지?"

"뭐 어때요."

전화를 끊자 사촌 동생이 자기 아빠를 포함해 작은아빠들도 나를 좋아하고 아낀다고 알려 주었다. 모두가 언니를 걱정해.

"작은아빠들이 누구야?"

"언니한테는 둘째 삼촌 막둥이 삼촌. 옛날에 언니한테 나쁘게 한 선생님 죽여 버린다고 우리 아빠랑 작은아빠들이랑 난리 치고 그랬었는데."

"어떤 선생님?"

사촌 동생이 자신은 초등학생이었고 나는 고등학생이었던 시절 얘기를 했다. 고작 네 살 차이였지만 사촌 언니가 되게 어른으로 느껴지던 시절. 그때 학원 선생이 나를 추행했다고 했다. 금시초문이었다. 내 잘못으로 학원을 그만둔 줄 알았는데. 아주 사소한…… 문제가 있었다는 게 어렴풋이 기억났다. 어찌나 사소했으면 나는 그 학원 선생을 고등학생 때 이후로 처음 떠올리는 것 같았다. 집안에 난리가 났다는 것도 처음 알았다. 나만 몰랐다니 배신감이 들었다.

"언니 그 남자 아직도 만나?"

"어떤 남자?"

사촌 동생이 어떤 남자 얘기를 했다. 당연히 그 남자가 맞았다. 평소 집안에서 사적인 얘기를 잘 하지 않았기에 의아했을 뿐이었다. 1년 전에, 사촌 동생이 서울에 올라온 지 얼마 안 되었을 때, 우리가 첫 번째로 만났을 때, 그때 얘기한 모양이었다. 아니면 엄마가 동네방네 떠들고 다닌 것일 수도 있었다. 뭔가 지긋지긋하고 징그러웠다. 그 남자를 아직까지 만나고 있다는 사실이 더 징그러웠다.

"참, 면접은 어땠어?"

"합격했어." 사촌 동생이 심드렁하게 대꾸했다. "근데 고민돼. 다른 센터는 5 대 5로 나누는데 여기는 6 대 4래."

"네가 4?"

"응."

사촌 동생은 일주일에 이틀만 일하는 지금이 여유롭고 좋다고 했다. 그러면서 엄마 — 큰숙모 — 와 남동생과 함께 제주도에 가서 찍은 사진을 보여 줬다. 야자수를 배경으로 찍은 사진이었다. 근사하고 단란해 보였다. 셋이 정말 닮아 보였다. 당연한가? 큰숙모는 결혼식에 오지 않았기 때문에 나는 사진 속 숙모의 얼굴을 오래 들여다보았다. 한때는 큰삼촌만 명절이나 집안 대소사에 내려오지 않았는데 이제는 큰숙모만 내려오지 않는 상황이었다. 외할머니는 이제 전부치러 오라고 큰숙모가 아닌 사촌 동생에게 전화했다. 다른 숙모 — 막둥이 삼촌의 아내 — 는 사촌 동생에게 찬밥을 줬다. 이 가정에 무슨 일이 있었는지는 이들만 알았다. 혹은 나만 몰랐다. 식구들은 처음에는 큰삼촌을 욕했는데 이제는 큰숙모를 욕했다. 팔은 안으로 굽는다지만, 하는 식의 사족을 달면서. 사진으로 숙모의 얼굴을 보니 그리운 마음이 들었다. 너 엄마랑 되게 닮았구나, 했더니 사촌 동생이 좋아했다. 그러더니 자기는 아빠와 더 닮았다고 시무룩해졌다. 첫딸은 아빠 닮는대. 그렇지만 점점 엄마와 닮아가고 있다고 했다. 나는 반반 닮았다고 고쳐 말했다.

"할머니 입원하신 거 알아?" 문득 내가 물었다.

외할머니 — 사촌 동생에게는 친할머니 — 는 백신을 맞은 뒤 패혈증이 생겨 입원 중이었다. 집중치료실과 중환자실을 오가고 있었다. 열나고 아프다고 전화가 왔을 때만 해도 상황이 이렇게 심각해질 줄 몰랐다. 아가, 할머니 어제 아팠어, 오늘도 아파, 아니 어제보다는 괜찮아, 이런 내용으로 통화를 했었다. 그런 다음에는 엄마에게서 전화가 왔다. 응급실이라고 했다. 결혼식이 있고 며칠 뒤의 일이었다. 불과 며칠 사이의 일이었다. 그러니까 내가 서울에서 맞선을 보고 있을 때. 사촌 동생은 이제 친가와 연결 고리가 없어졌기 때문에 이 소식을 몰랐다. 사촌 동생이 왜 말했느냐고 울었다. 이직 전에, 시간 많을 때 한번 내려가야겠다고 했다. 나는 병실에 보호자 한 명만 들어갈 수 있고 코로나 검사도 받아야 한다고 말렸다. 그것도 환자가 일반 병실에 있을 때만 가능한 일이었다. 중환자실에는 멀리서 지켜볼 수 있는 창문도 없었다.

"할머니 치매만 있는 줄 알았어. 몸이 아픈 줄은 몰랐어." 사촌 동생이 훌쩍거렸다. "엄마 괴롭히는 것 같아서 결혼식 날 할머니한테 인사도 안 했는데. 너무 후회돼."

"치매?" 처음 듣는 얘기였다.

"몰랐어?"

할머니가 맨날 같은 소리만 한다는 게 사촌 동생이 생각하는 치매의 근거였다. 별로 동의가 되지는 않았다. 노인들은 원래 다 그렇지 않나. 꼭 늙지 않아도, 하물며 술만 마셔도 같은 소리만 하게 되는데.

"언니 나 배고파."

"응. 밥 먹자. 맛있는 거 사 줄게."

거의 9시가 되어 가고 있었다. 가게들이 10시에 문을 닫기 때문에 서둘러야 했다. 마스크를 쓰려고 하는데 사촌 동생이 벗어 둔 마스크와 내 마스크가 똑같이 생겨서 뭐가 내 것인지 알 수 없었다. 사촌 동생이 자기 것을 가려냈다. 안쪽에 화장품이 잔뜩 묻어 있었다. 파운데이션과 립스틱. 얼굴 하나로 셈해도 무방할 정도였다. 내가 놀리자 사촌 동생이 다들 이렇다고 둘러댔다.

"우리 엄마는 이것보다 더 심해."

"아...... 미안해."

"언니 비밀번호 바꿔." 사촌 동생이 발목까지 오는 스타킹을 신었다. "누가 집 비밀번호를 그렇게 해 놔."

비밀번호는 바꾸지 않았다. 내 자취방 비밀번호를 아는 건 이제 세 사람이었다. 사촌 동생이 그 남자라고 불렀고 내가 어떤 남자냐고 물었던 사람, 즉 나의 애인, 그리고 사촌 동생, 그리고 나였다. 맞선을 보러 나가던 날에 애인은 한 가지만을 당부했다. 집에 데려다주게 하지 말라고. 지하철역에서 헤어지라고. 나도 그러려고 했었다. 그는 맞선을 보지 말라고는 하지 않았다. 강력히 주장할 만한 입장이 아니었다. 우리는 스무 살 때 만나 10년 이상 연애했다. 같은 학부를 졸업해 같은 지도 교수 아래서 같은 연구실에 다녔다. 3D 캐릭터의 피부를 구현하는 스키닝을 했다. 얼굴이 빨갛고 길어서 고구마라고 불리던 지도 교수는 우리에게 주례를 봐 주겠다고 약속했다. 연애하는 동안 나는 다섯 번 이상 사후피임약을 먹었고 한 번 낙태했다. 서로가 처음이었고 서툴렀다. 졸업하면 이거 하자, 졸업하면 저거 하자, 모든 게 졸업 뒤로 유예되었다. 결혼 역시 마찬가지였다. 그리고 아기도. 비행기를 타러 김포공항에 가는 길에 고구마가 호출해 연구실로 복귀한 뒤로는 여행도 시도하지 않았다. 그는 박사 학위를 딴 뒤 공기업에 선임급으로 입사했다. 나는 수료 단계에서 학업을 중단했다. 떠나는 날 고구마가 몽블랑 만년필을 선물로 주었다. 사회로 나와 보니 나는 아무것도 모르는 바보 멍청이가 되어 있었다. 내게 남은 건 애매한 학위와 몽블랑 한 자루가 다였다. 1년도 채우지 못하고 회사를 그만뒀다. 주유소 집 딸, 어쩌면 그게 나를 수식하는 이력의 전부인지도 몰랐다. 어느 날 애인이 결혼하고 싶지 않다고 고백했다. 그 말을 너무 늦게 했다. 그건, 엄마의 의견에 따르면, 범죄였다.

　사촌 동생—이모의 딸—의 결혼식 날에 큰삼촌이 중매를 섰다. 엄마에게 어디까지 들었는지는 알 수 없었다. 그날 나는 큰삼촌뿐만 아니라 굉장히 많은 사람들을 만났다. 엄마는 맏이였고 동생이 넷—여동생 하나와 남동생 셋—이었으므로 나에게는 사촌 동생이 열 명 이상 있었다. 정확히 세 보지는 않았지만 열 명 이하가 아닌 건 확실했다. 명절에 잘 내려가지 않았으므로 오랜만에 재회했다. 다들 놀랄 만큼 자라 있었다. 동생들은 나를 보자 벽에 붙은 의자에서 우르르 일어나 목 인사를 했다. 왜인지는 모르겠지만 나는 약간 존경받고 있었다. 혼주인 이모네를 제외하고는 모두 이혼 혹은 이혼에 준하는 가정의 자녀들이었다. 나도 마찬가지였다. 어떤 할머니가 다가와 네가 장미던가? 했다. 내 이름은 장미가 아니었다. 그건 꽃 이름이었다. 나는 아주 어렸을 때 그런 낯 뜨거운 이름으로 불리기도 했다는 걸 기억해 냈다. 예식장 로비에서 마주친 사람 중 가장 뜻밖이고 놀라운 사람은 큰삼촌이었다. 한동안 행적이 묘연했기 때문이었다. 그리고 더 놀라운 사람이 있었다. 바로 고모부였다. 고모부는 우리 아빠의 여동생의 남편이었다. 친가 사람이었다. 이모 입장에서 생각해 보면 언니의 남편의 여동생의 남편, 신부인 사촌 동생 입장에서 생각해 보면 엄마의 언니의 남편의 여동생의 남편이었다. 고모부가 왜 이모 딸의 결혼식에, 그것도 등산복 차림으로, 왔는지 알 수 없었다. 알 수도 없을 뿐더러 징글징글했다.

결혼식이 끝난 후 엄마와 나와 오빠—친오빠—와 외할머니는 이모네 식구들과 매운탕집에서 저녁 식사를 했다. 다들 개운한 걸 먹고 싶어 했다. 아빠는 어차피 안 올 거기 때문에 부르지 않았다. 5인 이상 집합 금지라는 규정에 따라 세 테이블에 나눠 앉았다. 이렇게 나눠 앉는 것도 불법이지만 혈연관계고 거주지고 뭐고 하는 여러 가지 복잡한 예외 사항이 있었으므로 다들 괜찮겠거니 생각했다. 몇몇은 홀의 입식 테이블에 앉았고 몇몇은 룸의 좌식 테이블에 들어가 앉았다. 사실 집합 금지 때문에 흩어진 것은 아니었다. 방 안에 다 같이 상을 붙이고 앉으려고 했는데 할머니의 무릎이 성치 않아 어려웠다. 아직 할머니가 백신을 맞기 전이었다. 아직 무릎만 아팠을 때, 아직 중환자실에 누워 있기 전이었다.

신랑과 신부는 다음 날 제주도로 신혼여행을 떠

날 예정이었다. 내 조카 — 오늘 식을 올린 부부의 딸 — 는 아직도 인간 화환으로서 '둘째 주세요'라고 적힌 리본을 목에 걸고 있었다. 지난번에 봤을 때는 목도 못 가누는 갓난아기였었는데 어느새 걸어 다녔다. 식이 끝나고 뷔페를 먹을 때 몇몇 사람들을 수군거리게 했던 그 아이였다. 이모부는 축사 때 코로나로 인해 식이 미뤄졌다고 했고 그건 사실이었지만 식이 미뤄지기 전에도 아기는 태어나 있었다.

"벌써 아몬드도 먹어." 이모가 자랑했다.

"아몬드 딱딱하지 않아요?" 나는 놀라서 물었다. "아기인데."

"먹을 수 있어. 우리 손녀 아몬드 잘 먹어." 아기가 아몬드를 먹을 수 있다는 사실보다 이모가 할머니가 되었다는 게 더 충격적이었다.

나는 엄마와 오빠와 외할머니랑 같은 테이블에 앉았다. 오빠와 엄마는 운전 때문에, 할머니는 연로하셔서 술을 마실 수 없었다. 매운탕집이었는데 흔히 쓰키다시라고 부르는 곁들이 반찬이 많이 나왔다. 테이블이 비좁았다. 오빠가 술 마시고 싶으면 옆 테이블로 가라고 했다. 나는 수저와 앞접시를 챙겨서 이모 내외가 앉은 테이블로 갔다. 혼주석이라고 해도 좋았다. 룸에는 사촌 동생과 그 애의 남편 — 뭐라고 불러야 하는지 알 수 없었다. — 과 그들이 섣불리 낳은 딸이 바닥에 퍼질러 앉아 있었다. 화목해 보였다. 어쩐지 무대를 마치고 내려온 연예인을 보는 기분이었다. 아까 결혼식이라는 공적인 모습을 먼저 봐서 그런 것 같았다.

"저를 자식으로 받아 주세요." 나는 챙겨 온 수저를 내려놓으며 이모와 이모부에게 말했다.

웃기려고 한 말이었는데 마스크 때문에 아무도 알아듣지 못했다. 나는 마스크를 벗으며 똑같이 말했다. 반복한 이상 농담이 되기는 어려웠다. 이모와 이모부가 진지하게 받아들여서 분위기가 어색해졌다.

"우리 큰딸." 이모가 정신을 차리고 내게 소주를 따라 주었다.

이모부가 이모의 잔에 술을 따랐고 나는 이모부의 잔에 술을 따랐다. 이모는 술고래였고 이모부는 한두 잔만 마실 수 있었다. 나는 이모부보다는 잘 마셨고 이모보다는 못 마셨다. 이모가 매운탕에서 낙지와 전복을 잘라 내 앞접시에 놓아 주었다. 먹으면 놓아 주고 먹으면 또 놓아 줬다. 이모부는 동양화학에 다녔고 곧 정년 퇴임을 앞두고 있었다. 아무리 감염병이

극심해도 퇴임 전에는 반드시 사촌 동생을 결혼시켜야 했다. 축의금을 회수해야 하기 때문이었다. 요컨대 이 결혼은 사촌 동생의 임신 때문이 아니라 이모부의 퇴임 때문에 이루어진 것이었다. 나는 어렸을 때부터 이모부를 좋아했다. 귤껍질을 벗기는 방법을 알려 준 게 이모부였다. 벗기고 쪼개는 게 아니라 쪼개고 벗기는 방식. 나는 아직도 귤을 깔 때마다 너 제주도 사람이야? 라는 소리를 듣는다. 그들은 내가 세 살 때 결혼했다. 이모부가 제주도 사람이었기 때문에 결혼식도 제주도에서 치러졌다. 사흘 동안 잔치를 벌였다고 했다. 나는 살면서 딱 한 번 제주도에 가 봤는데 그게 이모의 결혼식 때였다. 세 살이었기 때문에 당연히 기억에는 없었다. 천지연폭포 앞에서 찍힌 사진만 간직하고 있었다. 사진 속에서 나는 코에 콧물 방울을 만들며 울고 있었다. 그 아이는 커서 다시 제주도를 갈 뻔했다. 고구마의 호출로 인해 가지 못했다.

   엄마가 큰삼촌한테 연락이 왔다고 발표했다. 모두의 이목이 집중되었다. 그게 어쨌다는 거지? 들어 보니 큰삼촌이 벌써 내 신랑감을 구한 것이었다. 아버지는 농협 조합장, 어머니는 전업주부, 이 남자는 마흔다섯 살의 회계사였다. 엄마가 사진이 왔는데 핸드폰

배터리가 얼마 없다며 안달복달했다. 이모가 큰삼촌에게 연락해 사진을 받았다. 분홍색 지갑형 케이스를 씌운 이모의 핸드폰이 테이블을 돌았다. 광택이 나는 빨간 패딩 점퍼에 등산복 바지를 입은 남자가 산 정상에서 브이를 그리고 있었다. 아저씨 같았다. 어찌 된 일인지 다들 마음에 들어 하는 눈치였다.

"귀엽게 생겼다." 엄마가 말했다. "그 나이로 안 보여."
"구자철 닮았네." 이모부가 덧붙였다.
"구자철이 누구예요?"
"축구 선수."

나는 축구 선수 구자철을 검색해 보았다. 구자철이 더 나았다. 엄마가 이모 핸드폰으로 큰삼촌과 통화를 했다. 이모 내외가 듣는 앞에서 내 경제 사정을 공개했다. 싫으면 관둬도 된다고 전해. 얼굴이 달아올랐다. 올가미에 걸린 것처럼 불시에 목구멍이 좁아졌다. 엄마가 뭐 어때, 했다. 엄마는 친정에 돈을 대 줄 물주를 구하고 있었다. 박사 며느리 얻으려면 그 정도는 해야지. 졸업이 아니라 수료라고, 박사 아니라고 설명하는 데도 지쳤기 때문에 가만히 있었다. 이모가 내게 부자 되는 방법을 알려 주었다. 일단 결혼한 다음 이혼해서 위자료를 받으라고 했다.

"나는 이 결혼 반대인데." 그때까지 침묵하고 있던 오빠가 말했다. "마흔다섯이면 곧 죽어."

"오빠…… 할머니도 계신데."

오빠가 자기 잘못을 깨닫고 마흔다섯 살 이상의 어른들 — 오빠와 나를 제외한 전부 — 에게 사과했다.

그때 룸에서 조카가 아장아장 걸어 나왔다. 정말 예뻤다. 나는 이 아이를 납치하고 싶다는 생각을 하며, 그 생각에 당황하며 조카를 안아 올렸다.

"이모 뽀뽀해 줘."

아기가 뽀뽀를 해 줬다. 입술이 믿을 수 없을 정도로 작고 부드러웠다. 데이지 꽃잎 같았다. 나는 또 해 달라고 부탁했다. 아기가 또 해 줬다. 오빠가 술 마신 입으로 뽀뽀하면 어떡하느냐며 나를 나무랐다. 나는 아기를 오빠 쪽으로 데려갔다. "삼촌 뽀뽀해 줘."

아기가 오빠에게도 뽀뽀를 했다. 아기는 평소 무뚝뚝한 오빠의 뺨도 붉게 물들일 수 있었다. 신기해서 모든 사람들에게 데리고 다니며 뽀뽀를 시켰다. 예쁘고 잘 웃고 정말이지 사랑스러운 아기였다. 키우는 입장에서는 힘들 테지만 내가 키우는 건 아니었고 일단은 예뻤다. 어쩔 수 없었다. 내가 예쁘다고 칭찬하자 이모가 아빠 — 사촌 동생의 남편 — 를 닮아서 예쁘다고 했다. 첫딸은 아빠를 닮는다고. 다행이라고. 사촌 동생이 들으면 서운해할 것 같았다. 우리 집안사람들은, 나를 포함해, 대체로 못생긴 편이었다.

"이모, 해 봐." 나는 아기에게 시켰다.

룸에서 나온 사촌 동생이 아직 '이모'는 못 한다고 알려 주었다. 아직 '엄마'밖에 못 한다고. 나는 사촌 동생이 혀짤배기소리를 흉내 내며 이모, 라고 대신 말해 주지 않아서 좋았다. 사촌 동생은 평범한 옷차림에 신부 화장을 하고 있었다. 머리의 핀을 다 빼고 인조 속눈썹을 다 떼려면 시간이 꽤 걸릴 것 같았다. 사촌 동생의 남편 — 뭐라고 불러야 하는지 모르겠다. — 이 나와서 아기를 받아 안았다. 무거운지 몰랐는데 막상 품에 없으니까 무거웠구나, 생각하게 되었다. 이 예쁜 아기는 저들의 딸이었다.

"그럼……" 나는 조카에게 속삭였다. "엄마, 해 봐."

아기가 자기 아빠 품 안에서 입술을 달싹였다. "엄마."

회계사와 맞선을 보았다. 애프터 신청을 받아 한 번 더 만났다. 두 번째 만남에서 알게 된 사실은 그가 회계사가 아니라는 것이었다. 외국계 기업에서 회계

업무를 담당하는 사람이었다. 사실을 전하자 엄마가 길길이 날뛰었다. 사정을 알아본 엄마가 다시 내게 전화해 말했다. 큰삼촌이 미안하다고 전해 달래. 그 집 부모한테도 가서 따졌단다. 올해는 아닌가 보다. 내년에 좋은 남자 나오니까 기다려. 그리고 그 새끼 번호 차단해. 뭐 그딴 새끼가 다 있어.

"따질 것까지는……"

"너 아직 그 새끼 만나는 거 아니지?"

"안 만나려고요." 회계사든 아니든 상관없었다. 그냥 아저씨 같아서 싫었다. 그게 다였다. 나는 적어도 키스할 수 있는 남자와 만나고 싶었다. 회계사와의 키스는 상상이 되지 않았다.

"아니 그 새끼 말이야. 네 남자 친구."

나는 헤어졌다고, 이번에도, 거짓말했다. 안 만날 수는 없었다. 그러기에는 너무 오래 만났다. 이미 너무 늦었다. 언젠가 나는 애인의 집에 초대된 적이 있었다. 부모님께 인사를 시키려나 싶어서 한껏 차려입고 갔다. 무릎을 가리는 길이의 조신해 보이는 살구색 원피스도 샀다. 그가 아파트의 도어록 비밀번호를 눌렀다. 번호가 엄청나게 길었다. 그걸 어떻게 외웠느냐고 놀라자 그가 그냥 0부터 9까지 열 자리 숫자 조합일 뿐이라고 알려 주었다. 똑똑하구나, 그런 생각을 했던 것 같다. 나도 이런 데서 살고 싶다. 내 가족이랑만. 복잡한 비밀번호로 문을 걸어 잠그고. 화장실을 쓰겠다고 불쑥불쑥 쳐들어오는 사람이 없는 곳에서. 어쩌면 나는 그가 아니라 그의 안전한 집을 사랑한 것일 수도 있었다. 알고 보니 그의 부모님은 여행 중이었다. 그날이 우리가 실수를 저지른 날이었다. 무수한 실수들 중 하루였다. 내게는 자격이 없었다. 만약 회계사와 이혼을 위해 결혼한다 하더라도 위자료는 내가 줘야 했다. 내가 유책 배우자였다.

애프터 만남 때 회계사 — 정확히는 회계 업무를 하는 사람 — 는 밤이 늦었으니 집까지 데려다주겠다고 했다. 나는 그냥 지하철역에서 헤어지자고 했다. 역까지 제가 바래다 드릴게요. 내 자취방 근처에서 만난 터였다. 둘 다 차가 없었다.

"저 그런 사람 아니에요." 회계사가 서운해했다. "주소 외우고 그러지 않아요."

"집까지 멀지 않아서요. 여기 길도 잘 모르실 텐데."

그날 소주를 한 컵 마시고 잠들어 있는데 도어록 비밀번호가 눌리는 소리가 들렸다. 꿈인가 싶었다.

아르바이트생 오빠들 중 하나일지도 모른다는 생각이 들었다. 또 화장실을 쓰러 왔구나. 담뱃불을 조심해야 할 텐데. 불이 나면 안 되는데. 그러면 우리 집 망하는데. 침입자는 뒤에서 나를 끌어안는 식으로 누웠다. 자기 성기를 내 몸 안에 밀어 넣었다. 나는 약간 인사불성 상태였고 몸을 가눌 수가 없었다. 내게 100원을 받은 아이가 복수하러 온 것인지도 몰랐다. 병아리를 사야 한다고 하면 하나 더 줘야지. 그 아이가 무럭무럭 자라서 회계사가 된 것일까. 제발 회계사만은 아니기를 바랐다. 그런 아저씨와의 성교는 상상도 하고 싶지 않았다. 역에서 헤어졌는데 어떻게 알고 왔지. 비밀번호는 또 어떻게 알았지. 그 애가 시킨 대로 비밀번호를 바꿨어야 했는데. 못 외우더라도 일단 열 자리를 만들었어야 했는데.

다음 날 애인이 웬 차를 타고 내 자취방 앞으로 왔다. 크림색 레이였다. 처음 보는 것이었다. 샀느냐고 물었더니 빌렸다고 했다.

"나랑 제주도 가자." 그가 비행기표를 보여 주며 말했다. "그때 고구마가 불러서 못 갔잖아."

"언제? 10년 전에?"

그는 나를 붙잡고 싶어 했다. 염치없는 건 알지만

그러고 싶다고 했다. 다른 사람과 결혼해도 상관없다고, 헤어지자는 말만 하지 말아 달라고 했다. 너무 통속적이어서 웃음이 나왔다. 웃다 보니까…… 기분이 좋아졌다. 진짜 울고 싶었다.

"나 어제 강간당하는 꿈을 꾸었어." 내가 말했다. "꿈이었을까?"

"꿈이었겠지?"

"그랬길 바라."

그가 내비게이션에 김포공항을 입력했다. 탑승 시간까지 얼마 남아 있지 않았다. 수속하는 시간까지 포함하면 더 촉박할 것 같았다. 당일 구입한 티켓이라 선택의 여지가 없었다고 했다. 회사에는 휴가를 냈다. 필요한 건 가서 사자고 했다. 거기도 사람 사는 곳이니까. 제주도 가는 데는 여권이 필요 없다고 했다. 레이는 공항에 주차해 두면 된다고, 돌아올 때 다시 타면 된다고 했다. 그러더니 핸드폰을 차 오디오에 연결했다. 「제주도의 푸른 밤」을 틀었다. 대책 없이 긍정적인 사람이었다.

올림픽대로의 정체 구간에서 벗어날 때쯤이었다. 개화IC 부근에 이르렀을 때 주머니 안에서 핸드폰이 울렸다. 연구실로 다시 복귀해야 하나. 가슴이 철렁했지만 고구마의 연락일 리가, 이제는, 없었다. 사촌 동생—큰삼촌 딸—에게서 문자메시지가 온 것이었다. 언니 나 아직 안 하기로 했어. 나는 잘했다고, 일 너무 많이 하지 말라고 답장을 썼다. 쓰는 도중에 메시지 하나가 더 떴다. 언니 도어록 비밀번호 바꿨어? 나는 '잘했어. 일 너무 많이 하지 마.'를 지운 다음 '아니.'라고 적었다. 제대로 된 집이 생기면 그때 바꿀 생각이었다. 전송을 누르기 전에 안 바꿨지? 라고 메시지가 또 왔다. 그럴 줄 알았어. 나는 '아니.'를 지우고 그 애가 모든 말을 마치기를 기다렸다. 속이 울렁거렸다.

언니 허수 입력 알아? 얼마 전에 친구네 집 놀러 갔다가 들었는데 그런 게 있대. 비밀번호가 네 자리면 그 앞에 아무 숫자나 많이 누르는 거야. 뒤에 숫자만 맞으면 문 열린대. 번호 바꾸기 귀찮으면 그렇게라도 해. 언니 너무 걱정돼.

"여보," 나는 앞을 바라본 채 애인을 불렀다. "나 뭐 하나 물어봐도 돼?"

"물어봐도 돼."

"여보네 집 비밀번호 뭐야?"

그는 부모님과 함께 아파트에 살고 있었다. 언젠가

내가 한 번 방문한 적 있었던 집이었다. 문이 열리기 전까지는 몰랐지만 그날 그의 부모님은 여행 중이었다. 나는 무릎을 덮는 길이의 살구색 원피스를 입고 있었다. 혹시라도 숫자를 외우게 될까 봐 고개를 돌렸었다. 그게 방문자의 예의였다. 어쩔 수 없이 소리는 들렸다.

그가 순순히 비밀번호를 알려 주었다. 왜냐고 되묻지 않는 사람이었다. 이유를 궁금해하지 않는 사람이었다. 그래서 나는 그를 사랑했다. 비밀번호는 네 자리였다.

"바꾼 거야?"

"한 번도. 어렸을 때부터 그 숫자였어. 부모님 결혼기념일."

저 멀리 김포공항이 보였다. 언젠가 우리가 갔다가 되돌아온 곳이었다. 아주 먼 옛날에. 오랜 세월 중 하마터면 특별할 뻔했던 하루에. 국내선이 이륙 중이었다. 천지연폭포에서 울음을 터뜨리게 될 어린아이를 하나쯤은 실었을 것 같았다. 하늘이 맑았다.

"여보, 나 뭐 하나 고백해도 돼?"

"고백해도 돼."

"예전에 우리 주유소 불난 적 있어."

애인이 차를 세웠다. 반복 재생되던 노래를 끄고 사이드브레이크를 올렸다. 아무래도 서둘러야 할 것 같다고 했다. 탑승 시간이 가까워지고 있었다. 나는 그의 뒤를 따라 공항 쪽으로 달리기 시작했다.

첼로와 칠면조

모르는 번호로부터 사진 하나가 왔다. 가방을 촬영한 것이었다. 초점이 잘 맞지 않고 엉망으로 흔들려 현장감이 느껴졌다. 급하게 찍은 듯했다. 흔하디흔한 검은색 백팩이었지만 나는 그 가방이 해원의 것임을 알아보았다. 잔스포츠 로고가 적힌 패치 때문이었다. 90년대에 유행했다가 복고 열풍이 불면서 다시 승하고 있는 브랜드였다. 얼마 전 해원이 가방을 사 달라기에 긴장된 마음으로 백화점에 끌려갔는데 3만 원밖에 안 해서 머쓱해졌던 기억이 있었다.

가슴이 철렁했다. 유괴를 당했나. 즉시 해원에게 전화를 걸었다. 받지 않기를 바라며. 조례 때 핸드폰을 제출해야 한다는 교칙이 있었으므로 전화를 받지 않는다면 지금 학교라는 뜻이었다. 받는다면 유괴범이었다. 협상을 해야 할 테니까. 나는 해원을 살리기 위해 얼마까지 융통할 수 있는지 가늠해 보았다. 길게 이어지는 신호를 들으며 입술을 물어뜯었다. 제발 살려만 주세요, 제가 잘못했어요, 앞으로 잘할게요, 이제부터 착하게 살게요, 해원이 혼도 안 낼게요, 살려만 준다면 그 이상 바라지 않을게요.

전화가 연결되었다.

"당신 누구야!" 나는 떨리는 목소리를 진정시키며, 실패하며, 외쳤다. 곧바로 입을 틀어막았다. 겁에 질렸다는 걸 들키지 않았기를 바라면서. 침착해야 했다.

너머에서 목 졸린 듯한 소리가 흘러나왔다. "엄마아……"

불행 중 다행이었다. 아직은 살아 있다는 뜻이었다. "너 지금 어디야?"

"학교지이……"

"어디 다친 건 아니지? 그 사람 혹시 옆에서 듣고 있니? 듣고 있는 거면 일단 학교라고 자연스럽게 말해."

"학교라니까아……."

나는 핸드폰을 귀에 밀착시킨 채로 사무실 전화의 수화기를 들었다. 침착하자. 119 번호가 뭐였는지 기억나지 않았다. 11까지 눌렀을 때 핸드폰에서 이해원! 하는 여자 목소리가 들렸다. 너 그 핸드폰 뭐야? 아 쌤, 그게 아니라요, 에서 전화가 툭 끊겼다.

나는 개구리라도 만진 사람처럼 소스라치며 두 종류의 전화기를 동시에 내던졌다. 머리를 감싸 쥐었다. 끔찍한 꿈을 꾼 것 같았다. 다행히 꿈이었다. 추운 데 있다가 따뜻한 곳에 들어갔을 때 그제야 몸을 떨게 되는 것처럼, 한기가 느껴졌다. 고개를 들었더니 유리벽 너머 직원들이 공포 어린 표정으로 일제히 나를 쳐다보고 있었다. 나는 리모컨을 조작해 유리를 불투명한 하얀 벽으로 바꾸었다. 보지 말라는 경고의 의미로. 단숨에.

'엄마, 왜 전화했어?' 하고 메시지가 왔다. 해원의 단짝 친구 번호였다. 만일을 대비해 저장해 둔 것이었다.

'왜 핸드폰 제출 안 했니?' 아까 유괴범에게 했던 맹세와 달리 나도 모르게 답장이 그렇게 써졌다.

'공기계 냈지. 다 그렇게 해. 아 몰라. 엄마 때문에

망했어.'

'너 혹시 가방 잃어버렸니?'

'그거 물어보려고 전화한 거야? 이것까지 걸리면 나 죽어. 수업 시작했다. 빠이.'

나는 다시 한번 사진을 들여다보았다. 가방의 앞주머니가 헤프게 열려 있었다. 눈을 가늘게 뜨고 사진을 확대했다. 이제 보니 피사체는 가방이 아니라 가방 앞주머니 속의 물체였다.

은단?

번호의 주인은 이렇다 저렇다 말이 없었다. 일단 업무를 시작하기로 했다. 결재 건을 처리한 뒤 공유 드라이브에 들어가 마감 일정과 각 직원의 작업 상황을 대조했다. 원래는 주간 단위로 일지를 받았었는데 인권 유린이라는 여론이 들끓어 어쩔 수 없이 훔쳐보는 방식으로 변경했다. 데스크도 지키고 전화 응대도 하고 내 비서 역할에 스파이 노릇까지 하는 주임이 메신저로 직원들 근태를 보고했다. 주임이 아니라 프로라고 해야 하나. 남편이 모든 직함을 '프로'로 통일하라고 해서 시도해 보았는데 괜히 원성만 사고 있었다. 나는 습관처럼 잡플래닛에 접속했다. 별점은 5점 만점에 어제보다 0.1점 감소한 1.4점이었다.

'젊고 어린 여자들 갈아 넣는 육가공업체'라는 제목의 글이 새로 업로드되어 있었다.

광고 디자인에 대단한 예술이 필요하지 않다는 건 압니다. 그래도 양심의 문제랄까요. 알량한 레퍼런스 몇 개 돌려 가면서 시안만 살짝 바꿔 납품합니다. 퀄리티 못 높이게 합니다. 초침은 공평하게 움직이는데 우리만 시간이 없습니다. 오더를 덜 받든지 직원을 더 뽑든지요. 박리다매로 이득 보는 건 대표랑 클라이언트뿐입니다. 둘은 공범입니다. 구린 안목이 공해라는 걸 모릅니다. 여기 팀장급 없습니다. 다 사원급입니다. 싸게 쓰고 버리고 싸게 쓰고 버립니다. 순진한 애들은 끊임없이 공급되니까요. 원숭이를 데려다 놔도 할 수 있는 일을 시킵니다. 저도 1년 채우려다가 포기했습니다. 퇴직금 못 받고 경력 인정 안 되지만 후회하지 않습니다. 몇 개월 더 버틴다고 해서 인생이 달라질까요. 아, 달라질 수도 있었겠군요. 저의 인생이 이 세상에 존재하지 않는 쪽으로요. 퇴사는 지능순입니다. 예전에 저는 더러 웃었는데요, 이제는 더러 웁니다. 행복하다는 뜻입니다.

나는 답글을 적기 시작했다.

귀하께. 안녕하세요? 어느덧 꽃이 지고 만물이 생

동하는 여름입니다. 보아하니 우리 회사에서 근무하셨던 분인가 보네요. 대표로서 안타까운 마음을 금할 길이 없습니다. 10여 년 전 이 회사를 떠안았던 때가 기억납니다. 당시 사업장을 유지하기 위해서는 매년 만 원 남짓하는 세금을 납부해야 했는데 남편에게는 그럴 만한 돈도 의욕도 없었지요. 제가 만 원 주고 샀습니다. 만 원짜리 지폐로 뒤를 닦아 주었다고 하는 게 옳겠네요. 그 가방끈만 긴 놈팡이가 나중에는 숟가락을 얹으려 하더군요. 만 원을 건네면서요. 저는 지폐를 훼손하는 불법을 저지르고 말았고요. 저는 디자인의 '디' 자도 모르는 사람이었습니다. 저희 일가는 고조부 때부터 대대로 장사를 했습니다. 결혼식 날 시어머니가 상놈의 집안이라고 흉을 보았던 게 떠오르네요.

거기까지 썼을 때 노크 소리가 들렸다. 직원 하나가 울상을 하고 불쑥 들어왔다. 기시감이 느껴졌다. 또 시작인가 싶어 불안했다. 신입 사원에 대한 주임의 보고가 두어 차례 있었던 터였다. 우리 회사 직원들은 전부 여성이었고 비흡연자였다. 내가 그렇게 구성한 게 아니었다. 직원들은 흡연자를 성토하곤 했고 제 발로 나가게 했다. 직접적인 방식은 아니었다. 담배를 피우고 자리로 돌아오면 옆에서 자기 얼굴에 향기 나는 미스트를 뿌린다든지 하는 식으로 눈치를 줬다. 확률상 남자가 흡연자일 때가 많았다. 그래서 이번에 신입을 뽑을 때 나는 흡연 여부를 확인했었다. 거짓말을 한 모양이었다.

"대표니임……" 직원이 징징거리는 투로 운을 뗐다. 요즘 친구들은 아기 목소리로 말끝을 길게 늘이는 경향이 있었다. 무능을 증명해야만 자신을 지킬 수 있다는 듯. 나는 그 말투가 항상 거슬렸다. "새로 오신 분 말이에요……."

"들어오라고 해 줄래요?"

신입은 바짝 긴장한 상태였다. 일단 나는 양해부터 구했다. 조직에서는 감수해야 하는 부분이 있는 거라고. 그게 업무가 아니라 개인적 유흥일 때는 더더욱. 내 귀에도 꼰대같이 들렸다. 신입은 입사 전까지 금연할 수 있을 줄 알았다고 둘러댔다. 면접 당시 그가 예상한 미래에서 자신은 비흡연자였다고.

"이해해요. 나도 힘들었거든요. 직원들이 무서워서 끊었지만. 대표가 나갈 수도 없는 노릇이고요. 중이 싫다고 절이 떠날 수는 없으니까요."

신입의 안색이 밝아졌다. 같은 편이라고 생각하는

듯했다. "어떻게 끊으셨어요?"

"단번에요. 그 방법을 콜드 터키라고 한대요. 금단 증상을 보이는 꼴이 꼭 새파랗게 질린 칠면조를 연상시킨다고."

농담의 요소가 전혀 없었음에도 신입은 사회적인 웃음을 터뜨렸다. 속으로는 지독하다 생각하고 있겠지. 시시콜콜한 얘기는 하지 말자고 다짐했지만, 늘 마음처럼 되지 않았다.

"의지가 정말 대단하세요." 신입이 나를 추켜세웠다. 어쩐지 모욕감이 들었다. "속여서 죄송해요. 사실 점심시간에 병원 예약 잡아 놨어요. 챔픽스 처방받으려고요."

"챔픽스?"

"금연 도와주는 약이에요."

별게 다 있구나. 우리 때는, 까지 말하고 나서야 아차 싶었다. 꼰대 짓은 그만해야 했다. 신입이 우리 때는? 하고 다음 말을 기다렸기에 조금만 더 하기로 했다. "우리 때는 은단이 다였어요."

"은단이 뭐예요?"

"조그마한 은색 구슬처럼 생겨서 먹으면 화한 거요. 겉에는 은박인데 안쪽은 점토 같기도 하고 토끼

똥 같기도 하고. 아버지가 폐암으로 돌아가셨는데 투병하실 때 그걸 드셨어요. 결국에는 못 끊으셨지만요. 한 알씩 손바닥에 올려 주곤 하셨어요." 나는 엄지로 손바닥을 문질렀다. "담배 많이 피워라, 그러셨어요. 아직은 피울 때라고. 마흔 살 되면 끊으라고."

아버지는 내가 마흔 살이 되기 전에 돌아가셨다. 한쪽 손이 얼굴만 하게 부푼 채로. 폐에 암이 생겼는데 왜 손이 부푸는지는 알 수 없었다. 나는 마흔 살에 담배를 끊지 않았다. 언제 끊었는가 하면…… 마흔한 살에 끊었다. 그게 그거는 아니었다. 결코.

말이 너무 길었는지 신입은 약간 집중력을 잃은 표정이었다. 하품을 참는 것 같기도 했다. 상처가 되지는 않았다. 잡플래닛에는 이런 글도 있었다. '대표의 추억팔이가 심합니다. 듣는 즉시 잠들 수 있습니다. 불면증 있으신 분께 추천.' 기업의 장점을 적는 난이었다. 별점은 1점 아니면 2점이었을 것이다. 대개 그랬다. 0점을 주는 게 불가능해서 그나마 다행이었다. 나는 신입에게 점심을 사 주겠다고 제안했다. 병원은 서두르지 말고 여유롭게 다녀와도 된다고. 신입은 간헐적 단식 중이라며 거절했다. 다이어트를 해야 한다고 했다. 비흡연자가 될 미래를 상상했을 뿐인데 벌써

첼로와 칠면조

살이 찌고 있다고 했다. 그럴싸한 거짓말이었다. 기지가 넘쳤다.

  점심시간에 아가씨에게서 연락이 왔다. 회사 앞이라고 했다. 혼밥을 면해 반가운 마음 반 또 무슨 부탁을 하려나 두려운 마음 반이었다. 아가씨는 나보다 한 살 많았지만 꼬박꼬박 나를 새언니라고 불렀다. 나이를 잊게 했다. 부탁에 취약하게 만들었다. 처음에는 아가씨 새언니 호칭이 다정하고 재밌게 느껴졌는데 이제는 징그러웠다. 우리는 브런치 카페에서 파스타를 먹었다. 아가씨와 나는 시댁 욕을 하며 웃음꽃을 피웠다. 그녀의 부모를 험담한다는 생각은 들지 않았다. 아가씨는 시댁과 얼마간 별개의 존재였다. 남편과의 결혼을 내 편에서 뜯어말린 것도 아가씨였다. 자기 오빠는 해맑다고. 해맑기만 하다고. 웃는 낯짝이라 침을 뱉을 수도 없다고. 오빠랑 결혼하면 혼자서만 동동거리는 바보가 될 거라고. 시간이 흐를수록 아가씨 말이 맞았다는 게 명백해졌다. 그때 알려 줘서 고마웠고 기껏 배신자로 만들어 놓고는 막상 내가 그 집안 사람이 된 게 미안했고 왜 더 적극적으로 말려 주지 않았나 화가 났다. 한때는 그랬다. 그런 시절도 있었다.

"내가 잔소리만 하면 선글라스를 끼는 거 있죠." 나는 고민을 털어놓았다. "실내에서 말이에요. 듣기 싫다는 걸 그런 식으로 표현하는 거예요. 선글라스 안에 멍을 만들어 주려다 참았어요."

"그러게 내가 뭐랬어요." 아가씨가 포크에 면을 감으며, 천 번째로, 그렇게 말했다. 의기양양해 보였다. 나는 아가씨가 고소해할 틈을 주었다. 시간 들여 찾아와 주었는데 보상이 되었기를 바랐다.

법인카드로 결제를 하는데 아가씨가 용건을 말했다. 선크림이 다 떨어졌다고 했다. 두 개만 사 달라고 했다. 어찌 된 일인지 부탁이 점점 소박해지는 것 같았다. 나는 제품 링크를 보내 달라고 했다. 아르바이트생이 영수증 드릴까요? 물었다. 금액만 나오게 끊어 달라고 하자 아르바이트생이 그렇게는 안 된다며 메뉴 부분에 검은색 테이프를 붙여 주었다. 아가씨와 헤어지고 사무실로 복귀하는데 써브웨이에서 샌드위치를 먹고 있는 신입이 보였다. 걸음을 빨리해 지나갔다. 링크가 왔다. '고마워요, 새언니.' 뒤에 하트 이모지가 붙어 있었다. 나는 뒤돌아보았다. 아가씨는 핸드폰을 들여다보며 횡단보도를 건너고 있었다.

오후에 광고주와 미팅을 했다. 미팅할 때는 유리를

불투명하게 만들지 않았다. 직원들에게 곧 일거리가 생길 거라는 압박감을 주기 위해서였다. 공평하게 움직이는 초침 같은 건 없었다. 미팅이 끝나고 커피잔은 내가 씻었다. '종이컵은 쓰라고 있는 것입니다.'라는 글이 올라온 후부터였다. 진작 이랬으면 더 좋았겠지만. 아무리 그래도 손님에게 종이컵으로 차를 대접할 수는 없었다. 동물원 우리 안에 종이접기로 만든 호랑이를 넣어 둘 수 없는 것처럼. 그 종이컵 글은 업로드 당시 수많은 공감을 받았는데 나중에는 환경주의자들의 테러로 인해 블라인드 처리되었다.

퇴근 무렵 빗방울이 하나둘씩 떨어졌다. 장마가 시작된다는 예보가 있었다. 전국에서 동시에 장마가 시작되는 건 기상관측 이후 여섯 번째라고 했다. 작년에는 한 달 내내 비가 왔었다. 올여름도 비가 많이 오려는 모양이었다. 해원이 걱정되었다. 우산은 챙겼는지. 해원은 우산과 절교한 사람처럼 보였다. 자기 아빠를 그런 식으로 닮았다. 남편은 '비의 신'이라는 별명을 지니고 있었다. 비를 내리는 신이 아니라 비를 멈추는 신. 그는 폭우가 아닌 이상 우산을 챙기는 법이 없었고 가벼운 비는 맞고 다녔다. 곧 그칠 거라며. 항상 그의 선택이 옳았다. 기상청보다 정확했다. 가족끼리 외출할 때 내 주장에 따라 우산을 쓰고 나가면 어느새 날이 개곤 했다. 나는 쓸모없어진 장우산을 들고 다니며 남편과 해원의 놀림을 받았다. 동동거리는 바보. 아가씨 말이 맞았다. 그렇지만 나 같은 사람이 있어야 비의 신도, 우산과 절교한 사람도 생길 수 있었다. 나는 그들에게 인간 우산이었다. 믿는 구석이었다. 누울 자리였다.

 사무실을 나서려는데 핸드폰이 울렸다. 모르는 번호였다. 아침에 잔스포츠 가방 사진을 보낸 자였다. 유괴 소동을 일으키게 했던. 세상에, 까맣게 잊고 있었다. 그래서 아까 신입한테 은단 얘기가 나왔던 거였나. 사진 아래로 메시지가 떴다.

 아이가 담배를 피우는 것 같습니다.

 집에 돌아가니 해원이 방음벽을 설치한 방 안에서 첼로를 켜고 있었다. 뭐가 잘 안되는지 심통 난 표정이었다. 나는 좁고 기다란 창으로 해원의 옆얼굴을 훔쳐보았다. 예고 입시에 실패한 이후로 해원은 나를 원망했다. 다 나 때문이라고 했다. 내가 무심해서 자기 인생이 망한 거라고 했다. 태어나지 말 걸 그랬다고. 해원은 자신이 내 가장 연한 부분이라는 걸 알 만큼

영리했다. 정확히 상처 주는 법을 알았다. 정확히. 정확하다는 점에서 그것은 정확히 상처였다. 나는 방음벽을 설치해 주고 악기를 업그레이드해 주고 한예종 교수를 붙여 주었다. 그런 노력이 아이를 더 화나게 했다. 이제 와서? 나는 해원이 무서웠다. 하지만 그 부분만 빼면 다른 때는 살갑고 다정했다. 천성이 착한 애였다.

문을 열자 엉망진창인 선율이 쏟아져 나왔다. 소음이 귀를 습격했다. 상수도를 공사할 때 나는 소리와 비슷했다. 아무래도 해원은 음악에 소질이 없는 것 같았다. 그걸 알려 주는 것과 모르는 척하는 것 중 무엇이 더 엄마의 역할에 가까울까. 해원이 1000만 원 상당의 나무 쪼가리를 품에 안고 나를 올려다봤다.

"우산 쓰고 왔어?" 내가 물었다.

"비 안 오던데. 들어오자마자 막 쏟아지더라." 해원이 씩 웃었다. "럭키."

"머리가 젖어 있길래."

"샤워했지. 알았어, 머리 말릴게. 말릴게. 이것만 연습하고."

나는 표 나지 않게 아이의 가방을 찾았다. 고개는 고정한 채 눈알만 굴려서. 청소할 거야, 한다고, 하는 식의 짜증을 받지 않기 위해 주의를 기울였다. 검은색 잔스포츠 가방이 벽에 기대어 있었다. 앞주머니는 닫혀 있었다. 은단이 흡연의 증거가 되기는 어려웠다. 금연의 증거는 될 수 있어도. 하지만 금연을 하려면 먼저 흡연을 해야 하는데. 뭔가 더 복잡했다. 차라리 은단이 아니라 담배 사진이었더라면. 밀고자는 도대체 누구였을까. 해원에게 단도직입적으로 물어보기가 꺼려졌다. 또 괜히 태어났다는 원망을 들을 수도 있었다. 신중해야 했다.

"해원아," 나는 보면대를 어루만졌다. "사는 게 많이 힘드니?"

"뭔데. 징그럽게 왜 그래." 해원이 신 것을 먹은 사람처럼 얼굴을 구겼다. "나가 줄래? 음악이랑만 있고 싶어."

해원이 활을 휘둘러 나를 내쫓았다. 오랜만에 잘되고 있던 걸 내가 방해했다면서. 또 내 탓이었다. 그게 잘되는 거였구나, 방음방에서 나오며 나는 생각했다. 잘된 게 그거였구나. 눈앞이 캄캄했다.

"해원아! 아빠가 치킨 사 왔다!" 남편이 현관에서 신발을 벗으며 외쳤다. 나를 발견하고는 수줍은 듯 묵례를 했다. "동동 씨도 계셨네."

"우산은요?"

"비 안 오던데요." 머리가 젖은 건 치킨이 식을까 봐 뛰어와서 그렇다고 했다. 남편은 큰돈에는 무감했지만 배달비나 은행 수수료 같은 자잘한 돈은 아까워했다. 나는 창밖을 바라보았다. 한강이 손톱만큼 보이는 고가도로 뷰였다. 한쪽 방면으로만 차가 막히고 있었다. 빗줄기 안에 전조등 불빛이 부윰했다.

치킨을 먹으며 남편이 오늘의 실적을 발표했다. 큰 걸로 한 장 잃었다고 했다. 태연자약한 어조에 나는 하마터면 나무젓가락을 부러뜨릴 뻔했다. 남편이 내일 두 배로 벌면 된다고 나를 달래 주었다. 가까스로 나는 수긍했다. 이제 걱정할 단계는 아니라고 스스로를 다독였다. 내가 회사에서 뼈 빠지게 일하며 원화를 제공하면 남편은 그걸 굴렸다. 그는, 뭐랄까, 천부적이었다. 뒤늦게 적성을 발견한 케이스였다. 수익률보다 시드가 더 중요하다는 걸 다행히 남편은 인정해 주었다. 나는 남편의 수입을 시댁에 숨겼다. 아가씨가 선크림을 구걸하러 회사까지 찾아왔다는 사실을 지금 남편에게 숨기고 있는 것처럼. 밖에 나가면 나는 불행을 연기했다. 리스크를 줄이기 위해서였다. 시댁에 내려갈 때는 후줄근한 옷을 입었다. 나는 그를 상장 전에 매수했고 이제야 조금씩 빛을 보고 있었다. 상놈의 집안, 시어머니 말씀이 맞았다.

언젠가 남편의 동창 모임 때 그의 친구가 수익의 비결을 물은 적이 있었다. 남편은 싸게 사서 비싸게 팔면 된다는 당연한 소리를 했다. 무릎에 사서 어깨에 팔아라. 공포에 사서 환희에 팔아라. 친구의 낯빛이 어두워졌다. 공포인 줄 알고 샀더니 더 큰 공포가 오던데. 남편이 종목을 추천해 주었다. 매도 시점까지 일러 주었다. 같은 종목으로 남편은 땄고 친구는 잃었다. 조금만 더, 하는 욕심에 때를 놓친 것이었다. 친구의 아내가 죄 없는 내 머리끄덩이를 잡았고 동창 모임은 파투가 났다. 투자의 책임은 본인에게 있다는 말을 내가 한 것 같기도 했다. 어쨌거나 남편이 전업 트레이더가 되면서부터 가계 사정이 많이 좋아졌다. 해원의 첼로도 남편이 굴린 돈으로 샀다. 진작 이랬더라면 괜히 태어났다는 원망을 듣지 않아도 되었을 텐데. 우리에게 남은 과제는 이제 해원뿐이었다. 해원만 잘되면 더 바랄 게 없었다.

해원이 닭 다리를 집으려는데 남편이 제지했다.
"그건 동동 씨 거야. 다리는 엄마랑 아빠만 먹는다."
"치사해." 해원이 자기 아빠를 노려보더니 내게 애

원하는 표정을 했다. "동동……"

내가 다리를 양보하려 하자 남편이 반대했다. 이 집에 오냐오냐는 없다고. 이상한 데서 엄격한 사람이었다. 나는 그의 방침을 무시하고 닭 다리를 해원에게 주었다. 남편이 자기 몫의 다리를 내게 주었다.

"신입 하나가 들어왔는데," 나는 남편을 향해 말했다. "흡연자였더라고요."

해원은 표정의 변화가 없었다. 내게서 갈취한 닭 다리를 뜯는 데만 열심이었다. 입술이 기름으로 반들반들했다. 남편이 신입의 성을 물었다. 석씨라고 했더니 석 프로는 창사 이래 처음 아닌가요, 했다. 그놈의 프로, 프로. 남편은 우리 회사를 비정상이라고 생각하고 있었다. 내가 남자였으면 하렘 소리를 들었을 거라고. "이번에는 여성분들 등쌀에 쫓겨나지 않아야 할 텐데요."

"은단이 뭔지 모르더라고." 나는 그의 말을 받아 다시 담배 얘기로 돌아왔다. "충격이었어요."

"석 프로 오빠는 몇 살인데?" 해원이 관심을 보였다. 옳거니.

"글쎄. 스물일곱이었나. 여덟이었나."

"나도 아는 걸 왜 모르지."

"네가 은단을 어떻게 알아?" 나는 심상하게 물었다. 담배 피우냐는 질문은 참았다. 조금만 더 구슬려 보자. "너보다 훨씬 오빠도 모르는 걸."

해원은 신이 나서 떠들기 시작했다. 어렸을 때 외할아버지가 은단을 한 알씩 손바닥에 얹어 줬다고. 입에 넣고 굴리다 코팅이 녹으면 꽉 깨물어 삼켰다고. 매워서 눈물이 났다고. 그렇지만 자꾸 먹고 싶었다고. 형편이 어려워져 친정에 얹혀살 때였다. 아버지가 폐암 투병 중이었을 때.

"그때가 기억나?"

"기억나. 다 기억나." 해원이 거들먹거렸다. "삼촌이 할아버지 코에 귀 대고 있다가 돌아가셨다고 말한 것도 기억나. 엄마는 화단에서 울고 있는데 숙모는 안 울었던 것도 기억나. 숙모한테 엄마 왜 우냐고 물어봤던 것도 기억나. 더 아기였을 때도 기억나. 엄마 뱃속에 있었을 때라든지."

처음 듣는 얘기였다. 태아 때를 기억한다니. 가능한 일인가. "어땠어?"

"축축하고 좁고 더웠어." 아이가 당시를 회상했다. "엄마가 나를 해원아, 하고 불러 줬어."

"네 이름은," 남편이 끼어들었다. "너 태어나고 며

칠 뒤에 너희 친할아버지께서 지어 오신 거야."

"몰라. 동동이는 이미 알고 있었나 보지. 그치 엄마?"

"그랬던 것 같기도 하고." 아니었다.

"맞다, 엄마." 해원이 내 눈치를 살피며 화제를 바꾸었다. "작은 선생님이 레슨비 올려야 할 것 같대. 물가 상승률을 고려해서."

"그래."

"작은 선생님이 누구야?" 남편이 물었다.

해원은 2주에 한 번씩 한예종 교수의 마스터클래스를 들었다. 초등학생 때부터 보내던 교습소는 그만두게 하려고 했는데 학원도 같이 다녀야 한다고 우겼다. 레슨을 위한 레슨을 받아야 한다는 것이었다. 그렇게 교습소 선생은 작은 선생님이 되었다. 해원은 디테일을 잡는다, 해상도를 높인다, 같은 표현을 썼다. 그게 작은 선생님의 역할이었다.

나는 자동이체 액수를 변경하려고 모바일뱅킹을 실행했다. 계좌번호가 낯익었다. 요새 많이들 그러듯 핸드폰 번호와 연결한 계좌번호였다. 연락처에 '작은 선생님'으로 저장해 보았다. 교수의 번호는 저장해 두었는데 어쩐지 학원 선생 번호는 없었다. 메시지

창을 켰다. '새언니, 선크림 샀어요?' 아래 '아이가 담배를 피우는 것 같습니다.'가 보였다. 잔스포츠 가방 사진을 전송한 사람은 작은 선생이었다. 그가 밀고자였다.

  다음 날 일찍 퇴근해 교습소를 찾았다. 아직 해원이 학교에 있을 시각이었다. 너른 홀에 야마하 업라이트 피아노가 뚜껑이 열린 채 놓여 있었고 홀을 둘러싸는 식으로 연습실이 다섯 개쯤 있었다. 초등학생들이 자기 몸집보다 큰 첼로를 부둥켜안고 활을 놀렸다. 해원의 실력과 비슷했다. 참가만 해도 주는 콩쿠르 상장들이 벽에 걸려 저마다의 정도로 빛바래 가고 있었다. 전체적으로 초급자나 취미생을 대상으로 하는 분위기였다. 이런 데를 보냈다니, 해원이 괜히 태어났다고 생각할 만했다. 과거로 돌아가 내 뺨을 후려치고 싶었다.
  나는 선생을, 아이를 맡겼을 때 이후로, 처음 보는 것 같았다. 항상 아이를 경유해서만 소통했던 터였다. 선생은 삼십 대 중후반의 남성이었다. 체격이 왜소하고 자세가 구부정했다. 목소리가 녹슨 느낌으로 탁했다. 치열이 고르지 않아서인지 시옷 발음이 약간 샜다. 느낌상 미혼 같았다. 안 한 게 아니라 못 했을 성싶었다. 그가 홀의 소파를 가리키며 자리를 권했다. 패브릭 소파였고 더러워 보여서 앉기 싫었지만 사양하지는 않았다. 엉덩이 끝으로 걸터앉았다. 소파까지는 참았다. 하지만 그가 내온 차는, 종이컵 안에 담긴 현미녹차 티백은, 보자마자 눈을 감기에 충분했다.

"레슨비는 어제 입금했어요." 나는 돈 얘기를 꺼냄으로써 내가 그에게 있어 고객임을 상기시켰다. "먼저 올려 드렸어야 했는데 죄송해요. 바빠서 신경을 못 썼네요."

그가 대꾸 없이 손바닥을 맞비볐다. 저자세는 아니었다.

"저는 그렇게 생각해요." 녹차 티백을 담갔다 뺐다 물고문시키며, 내가 운을 뗐다. "누군가한테 연락을 할 때는 자기가 누구인지 먼저 밝혀야 한다고요. 인간관계의 기본이라고 할까요."

"제가 누구인지는 당연히 아실 거라고 생각했습니다."

말문이 막혔다. 그의 말에 일리가 있었기 때문이다. 굳이 따지자면 내 잘못이 맞았다. 유괴범이라고 착각한 그 어처구니없는 실수는. 내가 이해할 수 없는 건 사진과 코멘트 사이의 시차였다. 증거를 먼저 보내고 반응이 없으니 주석을 달았다는 게 뭔가 소름 끼치게 느껴졌다.

나는 왜 남의 가방을 촬영하셨느냐고, 그것도 모자라 전송까지 하셨느냐고 물었다. "해원이한테 허락받았나요?"

내가 왜 그런 걸 궁금해하는지 나조차도 궁금했다. 혹시 해원이 삐뚤어지게 되었는지, 삐뚤어졌다면 언제부터 그랬는지, 내가 돌보지 못한 사이에 무슨 일이 생긴 건지, 그런 걸 먼저 궁금해해야 하는 것 아닌가. 그렇지만 나는 이 선생이 못 견디게 끔찍했다. 어쩌면 책임을 전가하고 싶은지도 몰랐다. 해원이 예고에 떨어져 괴로워하는 것, 뒤처졌다며 초조해하는 것, 나의 간섭을, 나의 방임을, 그러다가 나 자체를 미워하게 된 것, 그 모든 게 다 이 사람 탓이라고 믿고 싶었다. 해원은 과장되게 화냄으로써 오히려 내 죄책감을 희석하려 했다. 무서울 정도로 똑똑한 애였다. 나는 해원이 안쓰러웠다.

"허락을 받지 않았습니다."

"왜죠?"

"허락을 받아야 한다고 생각하지 않았기 때문입니다."

뭐야 이 새끼. 뭐 하는 새끼야. 나랑 뭐 하자는 거야. 나는 나도 모르게 현미녹차를 입안에 들이부었고, 놀라서 꿀떡 삼켰다. 씁쓸하고 미지근했다. 구수해서 기분이 나빴다.

"해원이가 학원을 그만두겠다고 하더군요." 그가 말했다. 왜냐고 물으리라는 걸 안다는 듯 곧바로 이유를 덧붙였다. "레슨비를 올려야겠다고 하니까 그만둔다고 했습니다."

무슨 소리를 하는 건지 알 수 없었다. 그럴 리가 없었다. 우리는 가난하지 않았고 아이도 그걸 알았다. 내가 그 애한테 해 준 게 얼만데. 방음벽에 마스터클래스에 새 악기에. 지금까지 해 달라는 대로 다 해 줬는데. '젊고 어린 여자들 갈아 넣는다.'는 소리까지 들어 가면서. 그런데 고작 5만 원 때문에? 학원에 다녀야 한다고 우긴 건 예전부터 내가 아니라 해원이었다. 그만두고 싶으면 알아서 그만두고 통보할 애였다. 게다가 해원은 엊저녁에 레슨비를 올려 줘야 한다는 얘기를 했었다.

"그래서 사진을 보내게 되었습니다."

"그래서라니요? 학원을 그만두는 게 사진과 무슨 상관이라고요?"

"그만둔다고 하니 화가 나서요."

머리가 돌 것 같았다. 그는 해원을 걱정하는 게 아니었다. 개인적으로 배신감을 느끼는 거였다. 나는 이곳에 온 진짜 목적을 차분히 떠올렸다. "아이가 담배를 피우는 건 맞나요?"

"피우는 것 같습니다."

"같습니다?"

"아무래도 은단은 금연을 위해……."

거기까지 듣고 나는 핸드백을 챙겨 일어났다. 소파에서 먼지가 피어올랐다. 직접 물어보면 될 걸 왜 여기까지 찾아왔는지 알 수 없었다. 무얼 확인하려고. 그깟 담배 좀 피우는 게 뭐 대수라고. 종이컵 안에는 녹차 앙금이 가라앉아 있었다. 엉뚱하게도 미역국 색깔 같다는 생각이 들었다.

교습소 앞에서 나는 해원을 기다렸다. 선생의 말이 사실인지 확인해야 했다. 해원은 인문계 고등학교에 다녔지만 야간 자율 학습은 하지 않았다. 학원을 그만둔 게 아니라면 곧 나타날 터였다. 설마 야자가 싫어서 음악에 매달리는 건 아니겠지. 잠시 후 해원이 악기를 짊어지고 낑낑대며 오르막을 올라오는 게 보였다. 날도 더운데 교복 치마 안에 체육복 바지를 입고 있었다. 나는 어닝에서 나와 파라솔 같은 우산을 펼쳤다. 빗방울은 무시해도 좋을 만한 수준이었다. 갑자기 드리워지는 그늘에 해원이 내 존재를 알아차렸다. 그리고 얼어붙었다. 도대체 뭘 숨기고 있는 거야. 나는 해원을 납치해 차에 태웠다.

해원이 왜 왔느냐고 성질을 부렸다. 오늘 중요한 곡 하는 날인데. 그러면서도 고분고분 안전벨트를 맸다. 학원을 쨀 수 있어서 기분이 좋은 것 같았다. 우리는 블루스퀘어에 가서 남는 좌석이 있는 뮤지컬을 보았다. 내가 졸아서 스토리를 따라가지 못할 때마다 해원이 귓속말로 빈 부분을 채워 주었다. 솔직히 큰 도움은 안 되었다. 해원은 오케스트라 피트에, 그 구석지고 어두컴컴한 공간에서 펼쳐지는 일에 대해 별로 관심이 없어 보였다. 공연을 보고 나와서는 커다란 주택이 즐비한 골목을 산책했다. 경사가 가팔랐다. 개가 담벼락 뒤에서 목청껏 짖었다. 하산하는 기분으로 골목을 빠져나왔다. 일부러 찾은 건 아니었는데 유명한 맛집이 보였다. 저거 먹을까, 하는 합의도 없이 둘 다 곧장 들어갔다. 풀이 올라간 화덕피자와 달걀노른

자로 만든 까르보나라를 먹었다. 그런 다음 갤러리아에 가서 쇼핑을 했다. 나는 접이식 우산을 직원 수대로 샀고 새언니가 갖고 싶어 했던 선크림을 내 몫으로 샀다. 해원은 데이지가 그려진 수영복을 골랐다. 폐점 시간이 가까워질 때쯤 나와서 노래방과 야구 연습장에 갔다. 여한이 없을 때까지 놀았다. 해원이 제발 집에 좀 가자고 울먹거렸다.

집에 거의 도착할 때쯤 해원이 나를 동동, 하고 불렀다. 졸린 듯 나른하게 동도옹. 뭔가를 부탁할 때의 어조였다. "오늘 양치 안 하고 자도 돼?"

"그래."

해원이 왜 이렇게 잘해 주냐면서 몸서리를 쳤다.

"해원아," 나는 오른쪽 손바닥을 내밀었다. 와이퍼가 사선으로 맺힌 빗방울을 천천히 지웠다. "은단 하나만 줄래?"

해원이 뒷좌석에 놓아 두었던 가방을 자기 쪽으로 가져왔다. 앞주머니 지퍼를 열고 은단을 꺼냈다. 거리끼는 기색은 전혀 없었다. 나는 은단을 엄지로 굴리며 어제부터 있었던 일을 사실 그대로 말했다. 작은 선생님에 대해서. 그가 보낸 사진과 메시지, 오늘 교습소에서의 면담까지. 그는 상식적이지 않았다. 내가 그렇게까지 화났던 이유는, 이제 와 생각해 보건대, 담배 때문이 아니었다. 그가 상식적이지 않아서였다.

해원은 충격을 받은 것 같았다. "사진을 보냈다고?"

"학원은 왜 그만둔다고 한 거야?"

"레슨비 올려야겠다고 하셔서." 선생의 말과 일치했다.

"그게 다야?" 레슨비를 올려 준 게 이번이 처음은 아니었다. 그만두려면 그때 그만둘 수도 있었을 텐데. 왜 이제 와서? "나 때문이라는 소리는 하지 마. 그거 말고 다른 얘기를 해."

고가도로가 보이기 시작했다. 거실 창문에서 보는 것과 다른 각도로 보였다. 위태롭고 복잡하게 꼬인 길. 비가 내리는 걸 보니 남편은 집에 있는 것 같았다.

레슨이 늦게 끝날 때마다 작은 선생님이 저녁을 사 주었다고 했다. 처음에는 학원에서 간식처럼, 나중에는 학원 밖에서 본격적으로. 해원은 음악에 재능이 없었고 선생도 그걸 알았다. 어느 날 선생이 해원에게 말했다. 밖에서 볼 때가 더 좋다고. 첼로와 동떨어져 있을 때 너는 더 빛난다고. 해원은 그 말이 칭찬인지 욕인지 헷갈렸다. 가외 시간이 길어지고 음식값이 레슨비를 상회하기 시작했을 때 그는 해원에게 허락을 구했다. 너희 어머니께 레슨비를 더 받아서 저녁을 사 주어도 되겠느냐고. 어이가 없어진 해원은 학원을 관두겠다고 말했다. 그리고 선생은 내게 사진을 전송했다. 해원을 곤경에 빠뜨리고 벌주기 위해서. 혹은 아이가 자신에게 불리한 말을 할까 두려워서. 만일을 대비해, 그러니까 이럴 때를 대비해, 아이의 가방을 뒤지고, 촬영하고, 사진을 계속 지니고 있었다는 뜻이었다. 고작 은단 사진을. 해원은 그 사실을 몰랐고 내게 레슨비를 올려 달라고 했다. 물가 상승률 어쩌고 하면서. 그만두겠다고 했지만 그만둬지지 않은 모양이었다.

"나 담배 안 피워, 엄마. 맹세해. 은단은 외할아버지가……."

"너네 연애하니?" 마침내 내가 물었다. 지금까지는 몰랐지만, 모르고 싶었지만, 내가 그걸 내내 궁금해하고 있었다는 걸, 이제는 알았다. 담배 따위 피우든 말든 상관없었다. 작은 선생과 해원의 불화는 치정의 냄새를 풍겼다. "엄마 가지고 노니까 재밌었어?"

"그런 거 아니야."

해원이 울음을 터뜨렸다. 그런 게 아니라고 했다.

선생이 애정을 보인 건 맞았다. 어렸을 때부터 보아 왔으니까. 고등학생이 되면서부터 애정의 모양새가 조금 바뀌긴 했지만. 해원은 그 사실을 모르는 척했다. 자신에 대한 선생의 애정을 자기 음악에 대한 인정으로 혼동하고 싶었다. 그렇게라도 하고 싶었다. 그는 유학을 떠날 예정이었고 해원에게 따라오지 않겠느냐고 제안했다. 음악적 동지가 아니라 그냥, 사랑하는 제자로서. 해원은 연인이나 제자가 아니라 첼리스트가 되고 싶었다. 방음벽이니 뭐니 하는 요구도 다 그 마음에서 비롯된 것이었다. 유학을 따라가고 싶은 것도 아니었다. 작은 선생님이 학생에 불과하다는 사실을 새삼 알게 되었을 뿐이었다. 학원은 바꿀 생각이었다고 했다. 그곳에 미래가 없다는 걸, 레슨비 인상 얘기가 나온 날 깨달았다. 적당한 곳을 찾을 때까지만 다닐 작정이었다. 오래 쉬면 불안하니까. 안 그래도 뒤처졌는데, 까지 얘기하고는 해원이 무슨 말을 하려다가 참았다. 엄마 때문에.

들어 보니 연애는 아닌 모양이었다. 적어도 해원에게는. 선생은 이 애한테 자기를 걸지 않았다. 선을 넘지 않은 채로, 그 안에서만, 최선을 다했다. 털끝 하나 건드리지 않은 채로, 한 푼도 손해 보지 않으면서,

최선의 노력을 했다. 최선을 다하지만 않았더라도 이렇게까지 구질구질하고 추잡스럽지는 않았을 것이다. 그 도둑놈의 새끼는 연애를 공짜로 하려고 했다! 차라리 그가 치졸해서 다행이었다. 그가 아이를 희망 고문 하지 않은 건, 그렇게 했으면 더 쉬웠을 텐데도, 아무리 고문이라 하더라도 희망조차 주지 않은 건, 부모로서 가슴 아픈 일이었다. 다행이었지만 슬펐다. 그는 비겁했고…… 양심적이었다.

"미안해, 엄마. 첼로 못해서 미안해."

나는 그때까지 손에 쥐고 있던 은단을 먹었다. 하나 더 달라고 해서 또 먹었다. 입안이 화했다. 자기 전에 양치를 안 해도 될 것 같았다. 해원도 우는 걸 멈추고 은단을 한 움큼 입에 털어 넣었다. 기껏 울음을 그쳐 놓고는 맵다면서 다시 눈물을 쏟았다. 나는 아파트 주차장에 차를 세웠다. 누군가 자동차 창문을 노크했다. 남편이었다. 떡볶이집 봉투를 들고 있었다. 불투명한 하얀 비닐봉지에 '마약떡볶이'라는 상호가 붉은 글씨로 인쇄되어 있었다. 포장해 오는 길인지 머리카락이 젖어 있었다. 나는 와이퍼를 껐다. 그렇게 야식을 끊으라고 했건만. 저 사람 때문에 해원도 나도 살찌고 있었다. 다 저 사람 탓이었다. 남편이 검지로 위쪽을 가리키며 먼저 올라가 있겠다는 신호를 주었다. 나는 고개를 끄덕였다.

"이해원. 너 첼로 그만둬."

"엄마." 은단이 교복 치마를 타고 조수석 바닥으로 쏟아졌다. "동동……."

단번에 그만두면 될 일이었다. 언제라도 상관없었다. 다만 그게 내가 원할 때는 아니어야 했다. 마약 같은 계집애, 나도 한번 실컷 동동거려 보자. 네가 마흔 살이 될 때까지만. 어쩌면 마흔한 살까지. 그게 그거는 아닐 거란다. 결코.

임하는 마음

엄마에게 반말을 썼는지 존댓말을 썼는지 잘 기억나지 않았다. 반말을 해서 혼났다는 건 기억이 났는데 그래서 내가 고쳤는지 못 고쳤는지는 기억나지 않았다. 나는 현관에서 신발을 벗었고 내 신발이 엄마와 홍석주 오빠의 신발들 틈에 놓이게 되었다. 엄마가 엄마 신발과 홍석주 오빠 신발 사이의 내 신발을 물끄러미 보았다. 내 신발은 예전에 박경란 언니가 신던 신발이었다. 술 장식이 달린 자두색 가죽 단화였다. 다른 친구들에게는 어쩐지 흉측하게 받아들여지는 분위기여서 그걸 얻기 위해 가위바위보를 하거나 몸을 밀치지 않아도 되었다. 그렇지만 누군가 간절히

원했다면 아마 나는 기쁜 마음으로 포기했을 것이다. 나보다 먼저 그 신발을 신었던 김민지 언니는 쌤통이라는 표정을 지었다. 나는 김민지 언니가 억울해하지 않았으면 해서 속상한 척했으나 내심으로는 행복하였다. 속상한 척은 김민지 언니를 안심하게 했는데 그렇다고 해서 박경란 언니를 속상하게 하지도 않았다. 박경란 언니를 속상하게 할까 봐 걱정되지도 않았다. 그 신발은 박경란 언니가 내게 직접 물려준 신발은 아니었지만 물려줄 사람을 고른다면 내게 물려주었으리라는 걸 박경란 언니도 나도 알았다.

"다녀왔어." 반말을 해 보았다.

엄마는 혼내지 않았고 반말이나 존댓말에 대해서도 별로 생각하지 않는 것 같았다. 나는 전에 반말을 했었나 보다고 생각했다. 아니면 내가 집에게 한 말인 줄로 엄마가 받아들였을 수도 있었다.

"다녀왔어요."

집 안을 둘러보았다. 예전에는 방이 몇 개 있었다고 기억되는데 이제는 방이 하나였고 열어 보니 화장실이었다. 동그란 문고리에 구리색 물방울 문양이 소용돌이치듯 둘려 있었다. 만져 보니까 그 부분만 약간 도톰했다. 바깥쪽 문고리에는 열쇠 구멍이 안쪽에는 똑딱이 단추가 위치해 있었다. 물방울 문양과 똑같은 구리색이었다. 오줌을 싸고 나왔더니 방 천장에 노끈이 매달린 게 보였고 색색깔의 빨래를 널어놔서 아름답게 느껴졌다. 건조 중인 수건에는 결혼식이든 야유회든 부활절이든 경사스러운 일을 기념하기 위한 글귀가 인쇄되어 있었다. '축'이라는 글자가 공통으로 들어갔다. 잠들기 전에 누워서 읽는다면 박수치며 축하하는 꿈을 꿀 것 같았다. 싱크대의 타일 벽에는 프라이팬과 뒤집개와 국자가 매달려 있었다. 행거에는 엄마의 옷과 홍석주 오빠의 옷이 매달려 있었다. 모든 것이 다 매달려 있어서 이상해 보였다. 그래도 신발은 바닥에 놓여 있었다. 내 신발이 엄마의 신발과 홍석주 오빠의 신발 사이에 놓여 있었다. 지금은 중학생이 된 박경란 언니가 어린이 시절에 신었던 자두색 신발이었다. 그런 모든 것들을 한눈에 볼 수 있어서 마음이 놓였다.

나는 귀퉁이에 어깨를 대고 서서 엄마가 타일 벽에 매달려 있던 프라이팬을 가스버너에 올려놓는 모습을 보았다. 냉동실 문이 열렸고 불투명한 하얀 비닐봉지가 나왔다. 엄마가 꽝꽝 언 무언가를 수돗물에 씻더니 서로 엉겨 붙은 것들을 분리했다. 프라이팬에 두 개를 올리고 나머지는 아까 그 비닐에 담아 냉동실에 넣었다. 프라이팬에서 착 소리와 함께 비린내 실린 연기가 났다.

"유부초밥 먹고 싶다."

엄마가 대꾸 없이 뒤집개로 생선 두 마리를 뒤적거렸다. 못 들은 것 같아서 나는 그냥 잠자코 있었다. 이웃하는 두 벽에 어깨를 밀어 넣은 채 모든 것을 한눈에 보는 데 열중했다. 고개를 젖혀 머리통이 어디까지 들어가는지 실험해 보았다. 귀가 닿을락 말락 했다. 육면체 공간의 이웃하는 두 벽 사이에 서면 그게 어느 벽이든지 간에 같은 각도를 이루지만 장소에 따라 어떨 때는 귀가 닿기도 하고 어떨 때는 닿지 않기도 하였다. 그 차이에 대해서 나는 아는 바가 없었다.

누군가 잠긴 현관문을 열쇠로 열었다. 웬 할머니가 남자애를 데리고 들어왔다. 남자애는 나보다 키가 작은 것 같았고 외모가 특이했다. 머리카락이 별로 없는 데다가 눈은 툭 튀어나와 있었다. 몸집이 왜소한 데 반해 머리통은 커다래서 균형이 맞지 않고 위태로워 보였다. 어느 벽에 서더라도 귓바퀴가 안 닿을 것 같았다. 나는 그 남자애가 홍석주 오빠임을 알아보았다.

"너로구나." 할머니가 나를 보며 반가워했다.

나는 이웃하는 두 벽 사이에서 약간 나왔다.

홍석주 오빠가 신발을 벗었다. 현관에 이미 홍석주 오빠의 신발이 많았기에 혹시나 신발을 신지 않고 외출했나 싶어 걱정스러웠는데 다행이었다. 엄마가 할머니를 향해 식사하시게요, 했다. 1년 만에 듣는 목소리였다. 엄마가 할머니에게 수납 영수증을 달라고 했는데 할머니는 못 들은 척 밖으로 나갔다. 그러더니 잠시 뒤 밀폐용기를 품에 안고 나타났다. 오이소박이를 10킬로그램 담갔다고 했다. 기운이 넘치는 할머니였다. 엄마를 새댁이라고 불렀다.

엄마가 조기에서 살점을 떼어 홍석주 오빠의 밥 위에 하나 올리고 내 밥 위에 하나 올렸다. 홍석주 오빠에게 한 번, 또 내게 한 번. 순서와 상관없이 공평하게 느껴졌다. 나는 이따금 가시를 뱉어야 했는데 홍석주 오빠는 한 번도 가시를 뱉지 않는다는 점은 어쩌면 우연일 수도 있었다. 기운 넘치는 할머니가 자꾸 나를 관찰해서 나는 조신한 표정을 지었다. 오이소박이를 씹고 있는데도 자꾸 오이소박이를 권하는 통에 곤욕스러웠다. 10킬로그램이나 되는 것을 할머니가 다 먹을 수 있을지 궁금했다. 그 생각을 하자 오이소박이가 짠 것도 아니었는데 목이 말랐다. 물을 마시고 싶었다. 그렇지만 마음대로 냉장고 문을 열어도 되는지 헷갈렸다. 물을 달라고 하면 그 또한 실례가 될 것 같아서 그냥 목마른 채로 밥을 먹었다. 알고 보니 할머니는 엄마와 홍석주 오빠에게 이 집을 빌려준 집주인 할머니였다. 엄마가 마트에서 바코드 찍는 일을 하는 동안 홍석주 오빠를 돌봐 주기도 하였다. 오늘은 엄마가 나를 데리고 와야 해서 집주인 할머니가 홍석주 오빠를 데리고 병원에 다녀왔다. 수납 영수증은 귀찮아서 안 받았다고 했다. 원래는 어제가 엄마와 나의 약속된 날이었는데 엄마가 오늘만 마트에 휴가를 낼 수 있어서 나는 하루를 더 기다렸다. 1년이나 1년하고 하루나 큰 차이는 없었다. 대동소이했다. 대동소이라는 사자성어를 나는 박경란 언니에게 배웠다. 남자들은 대동소이하고 어른들은 대동소이하고 홍석주 오빠와 나는 대동소이했다. 많은 부분이 같고 아주 조금 다르다는 뜻이었다.

홍석주 오빠가 일어나 냉장고 문을 열었다. 물을 꺼내려는 것 같아 반가운 마음이 들었다. 2리터짜리 생수병에 갈색 액체가 담겨 있었다. 보리차로 추측되었다. 홍석주 오빠가 생수병을 놓치는 바람에 생수병은 떨어지며 퍽 소리를 냈다. 원통 모양이 아니라 사각기둥 모양이라 바닥을 구르지는 않았다. 엄마가 보리차를 홍석주 오빠의 밥그릇에 부었지만 홍석주 오빠는 이의를 제기하지 않았다. 그렇게 먹기를 원했던 모양이었다. 엄마는 내 몫의 보리차를 물컵에 따라 주었다. 집주인 할머니에게는 의사를 묻지 않았는데 그것은 집주인 할머니가 밥을 다 먹은 뒤 밥그릇에 물을 부어 훌훌 마시기를 좋아하기 때문이었다. 물론 나는 집주인 할머니의 식성을 식사를 다 마치고 나서 알게 되었다.

"내년에 학교 간다지?" 집주인 할머니가 엄마에게 물었다.

집주인 할머니가 엄마에게 물었지만 엄마는 어쩐지 홍석주 오빠의 눈치를 살폈고 마지못해 고개를 끄덕였다. 내년에 학교 가는 사람은 나였다.

"나는 똑똑해서 학교 안 가도 되는데." 홍석주 오빠가 중얼거렸다. 나에게 건넨 말인지 혼잣말인지 알 수 없었다. 엄마와 홍석주 오빠는 아직까지 내게 한마디도 하지 않았다. 그건 나도 마찬가지였다.

할머니가 밥알과 고춧가루와 기름기가 뜬 보리차를 마시고 밥그릇을 내려놓았다. 물 마시는 걸 깜빡

했다는 사실을 깨닫는 순간 엄마가 밥상을 치웠다. 나는 침을 삼켰다. 오기 전에 물을 많이 마셔둘걸 후회되었다.

밤이 되자 엄마가 바닥에 이부자리를 깔았다. 엄마는 문가 쪽에 나는 창가 쪽에 홍석주 오빠는 엄마와 나 사이에 누웠다. 베개가 두 개뿐이라 엄마는 옷을 접어서 뺐다. 배달 오토바이 지나가는 소리가 크게 들렸다. 방귀 소리 같아서 웃겼는데 웃으면 안 될 것 같아서 입술을 깨물었다. 가로등이 나무틀에 끼워진 반투명한 창문에 수천 개의 십자가를 만들었다. 빛 하나하나는 십자가 모양이었고 다 모이니까 동그랬다. 가로등의 밝기로는 천장에 매달린 수건의 글귀가 읽히지 않았지만 나는 이불 속에서 몰래 박수를 쳤다. 그게 기억이 하는 일이었다. 눈에 보이지 않아도 거기 있음을 알게 하는 것. 목이 말랐다. 내일 기회가 있으리라고 나를 달래 주었다. 내일 눈을 뜨면 나는 이 집에서 눈을 뜨게 되겠구나 생각했고 자면서도 그 생각을 했는지 자다가 눈이 떠졌다. '축'이라는 글씨가 보이는 듯하였다. 엄마가 창가 쪽 벽에 붙어 누워 내 배를 토닥이고 있었다. 다시 눈을 떠 보니까 밝았다. 나 혼자 누워 있었다.

이불을 개서 행거 밑에 밀어 넣었다. 딸려 들어간 옷자락을 끄집어내 이불을 감추었다. 어제 기억해 두었던 이불의 원래 상태였다. 즉 이 집의 규칙이었다. 나는 의자에 까치발을 들고 서서 엄마의 옷을 꺼냈다. 윗도리와 아랫도리가 하나로 이어진 형태의 기다란 치마였다. 의자에서 내려와 옷을 껴안고 빙그르르 돌았다. 머리가 어지러워서 반대로 돌았더니 토할 것 같았다. 우리가 멈추니까 치맛단이 더 돌려다가는 포기하고 천천히 내려앉았다. 나는 소매를 잡아 배를 토닥여 보았다. 이번에는 소매를 길게 잡고 휘둘러 뺨을 후려쳤다. 소매에 달린 단추가 뺨을 아프게 했다. 나는 옷과 함께 바닥을 굴렀다. 얼굴을 파묻고 냄새를 빨아들였는데 먼지 때문에 기침이 났다. 아무 냄새도 안 났다.

창밖으로 에어컨 냉장고 컴퓨터 산다는 녹음된 음성이 지나갔다. 오토바이 소리도 들렸는데 어제만큼 재밌지는 않았다. 그래도 어제 못 웃었기 때문에 지금이라도 하하하하 웃어 보았다. 먼지가 반짝거리며 떠다녔다. 엄마는 마트에 간 것 같았고 홍석주 오빠는 어디 갔는지 알 수 없었다. 오이소박이를 좋아하는 집주인 할머니 집에 놀러 갔거나 집주인 할머니와 함께 병원에 갔을 수도 있었다. 이럴 수도 있었고 저럴 수도 있었다. 엄마와 홍석주 오빠의 일과에 대해서는 별로 아는 바가 없었다. 나는 홍석주 오빠의 티셔츠를 입어 보았다. 작아서 몸이 잘 안 들어갔다.

다시 내 옷으로 갈아입고 내 신발을 신었다. 박경란 언니가 직접 물려주지는 않았지만 물려줄 수 있었다면 오직 나에게 물려주었을 흉측한 자두색 단화였다. 왼발 오른발의 술 장식 개수가 각기 달랐으며 뒤축이 접힌 채로 굳은 상태라 슬리퍼처럼 신을 수 있었다. 작은 선생님은 신발을 슬리퍼처럼 접어 신는 사람을 몹시 싫어했다. 규칙에 어긋나기 때문이었다. 그렇지만 나는 아무리 노력하더라도 규칙을 지킬 수 없는 형편이었다. 신발 뒤축이 손쓸 수 없이 접혀 있어서였다. 접힌 데다가 굳어 있었다. 물려받기 전부터 그러한 상황이었고 박경란 언니는 그것을 운명이라고 불렀다. 우리는 같은 인생을 살 운명이었다.

집에서 나와 반 계단 내려가니까 기억대로 쇠로 된 대문이 나왔다. 열쇠는 필요 없었고 단추를 누르는 것만으로 문을 열 수 있었다. 구리색 물방울 문양이 들어간 화장실 문과 마찬가지로 열쇠 구멍은 바깥에 단추는 안에 위치해 있었다. 등 뒤에서 대문이 저절로 잠겼다. 잠그는 데는 열쇠가 필요하지 않은 모양이었다. 가파른 길과 낮은 벽돌집과 대각선 방향의 큰 교회를 나는 알아보았다. 예전에 살던 집도 이런 곳이었는데 왜 못 찾았는지 의문이 들었다. 어떤 날 나는 집에 오기 위해 열 시간 정도를 걸었다. 걷다 보면 나오리라는 확신이 있었는데 해가 저물 때까지 나오지 않았다. 은색 택시가 옆에 서며 어디 가느냐고 물었다. 집이라고 대답했더니 택시 아저씨가 타라고 했다. 내가 길이 가파르고 낮은 건물이 많고 큰 교회 대각선 방향의 벽돌집을 말하자 택시 아저씨는 잘 안다는 듯 미터기를 켰다. 택시 아저씨는 원래 회사 사장님이었는데 노숙자가 되었다가 지금은 택시를 몬다고 했다. 원래는 택시 아저씨가 가족들을 만나기 싫어했는데 실은 보고 싶었지만 그래도 보기 싫어했는데 이제는 가족들이 택시 아저씨를 만나 주지 않는다며 택시 아저씨가 이상한 목소리로 말했다. 고개를 돌려 보니 택시 아저씨가 울고 있었다. 그런 이야기를 나누는 동안 우리는 어느 동네에 도착했고 택시 아저씨가 차를 세우며 다 왔다고 말했다. 길이 가파르고 낮은 벽돌집이 많고 대각선 방향에 큰 교회가 보였다. 내리려고 하자 택시 아저씨가 미터기를 끄며 돈이 있는지 물었다. 돈이 있었다. 박경란 언니가 중학교 친구들에게 빌렸거나 빼앗은 돈을 언젠가 나에게 주었고 그 돈은 내 팬티 안에 있었다. 꼭 필요할 때 쓰라고 준 것이었다. 나는 바지 단추를 만지작거리며 아랫도리로 지폐의 따가운 감촉을 느꼈다. 택시 아저씨에게 돈을 준다면 택시 아저씨의 가족들이 택시 아저씨를 만나 줄 수도 있겠다는 생각이 들었다. 비상등이 일정한 속도로 그러나 재촉하듯 똑딱거렸다. 내가 미처 대답하기도 전에 택시 아저씨는 그럴 줄 알았다며 1000원을 주었다. 나는 내려서 슈퍼마켓에 들어가 음료수를 산 다음 잔돈을 공중전화에 넣었다. 박경란 언니가 전화를 받았다. 몇십 분 뒤에 작은 선생님이 봉고차를 몰고 왔다. 그날 내가 걸어간 곳은 충청도였다.

 그 돈은 지금도 팬티 안에 있었다. 걷다 보니 시외버스터미널이 나왔다. 벽을 가득 채우는 파란색 판에 하얀색 스티커 글씨로 지명이 빼곡했다. 내가 아는 곳도 보였으므로 화장실에 들어가 지폐를 꺼냈다. 지난번에 버스를 탔으면 되었는데 바보같이 걷는 바람에 택시 아저씨에게 피해를 준 것이 내내 마음에 걸렸던 터였다. 박경란 언니가 강조했던 꼭 필요할 때가 마침 지금인 것 같았다. 택시 아저씨를 도울 수 있었는데 도울 마음도 충분히 있었는데 택시 아저씨의 오해로 인해서 그리고 내가 그 오해를 바로잡지 않음으로써 아니 그 오해를 부추김으로써 결과적으로 돕지 않게 된 것은 어쩌면 지금을 위해서가 아니었을까 싶었다. 창구의 직원이 엄마는 어디 있느냐고 물어서 마트에 갔다고 대답했더니 표를 주었다.

시외버스가 정안이라는 이름의 휴게소에서 출발할 때였다. 옆에 앉은 할아버지가 호두과자 봉투 입구를 내 쪽으로 기울였다. 먹으라는 뜻인 것 같았다. 봉투에 손을 집어넣자 훈김이 손을 따뜻하게 해 주어서 손을 빼기 싫었다. 나는 호두과자를 하나 가져오며 감사하다는 뜻으로 고개를 숙였다. 앞니로 조금씩 깨물어 먹었다. 할아버지가 또 봉투를 내밀었다. 이번에는 봉투 안이 따뜻하지 않아서 금방 손을 뺐다. 헤아려 보니 할아버지와 나는 호두과자를 반씩 나눠 먹은 듯했다. 할아버지가 봉투를 쪽지 모양으로 접어서 앞 좌석 등받이에 달린 그물망에 버렸다. 버스가 목적지에 도착하자 할아버지는 별다른 인사 없이 떠났고 나는 그물망에서 쪽지 모양의 쓰레기를 꺼냈다. 편지가 쓰여 있을 것 같았는데 호두과자라고만 적혀 있었다. 호두과자 그림도 있었는데 호두과자에게는 사람처럼 눈코입이 있었고 윙크하며 웃고 있었다. 징그러웠다. 다시 쪽지 모양으로 접고 싶어 여러 차례 시도했지만 절대로 되지 않았다. 버스 기사 아저씨가 내리라고 소리쳤다. 나는 버스표를 사고 받은 거스름돈을 호두과자 봉투에 넣은 뒤 입구를 그러쥐었다.

정문에 들어서자마자 어떻게 알았는지 천하와 영서가 달려왔다. 내가 아니라 호두과자 봉투에 코를 들이밀었다. 서운했지만 개들은 원래 그러니까 탓할 수 없었다. 두 마리 다 시베리안 허스키였고 한 마리는 검은색 한 마리는 노란색이었다. 누가 암컷이고 누가 수컷인지는 맨날 까먹었는데 별로 중요한 것도 아니었다. 털이 더워 보여서 안쓰러울 뿐이었다. 나는 천하와 영서를 껴안고 싶었지만 더 더워할 것 같아서 참았다. 대신 천하야 영서야 하고 불러 주었다. 순서를 바꿔서 영서야 천하야 하고도 불렀다. 영서가 서운해할 것 같아서였다. 물론 영서는 신경 쓰지 않을 테니 그 순서는 오직 나를 위한 것일 수도 있었다.

생활관 안에서는 작은 선생님이 아기들을 재우고 있었다. 나는 외벽에 몸을 밀착하고 눈만 빼꼼히 내민 채 안을 엿보았다. 아기들을 보자 막상 그리운 마음이 들었다. 색깔이 다른 팔찌가 아니더라도 아무리 멀리서 엿보더라도 나는 아기들을 분별할 수 있었다. 윤영이가 작은 선생님을 도와 아기를 어르다가 나와 눈이 마주쳤다. 나는 검지를 입술에 댔다. 윤영이가 알아들었다는 표시로 웃으며 돌아섰다. 해가 쨍쨍했고 밖에 지나다니는 사람이 한 명도 없었고 지나치게 조용했다. 그림자마저 숨죽이고 있었다. 나는 충분하다는 생각이 들 때까지 아기들을 훔쳐봤다. 윤영이가 나 보라고 우스꽝스러운 동작을 해서 하마터면 작은 선생님에게 들킬 뻔했다. 들키기를 내가 원하는지도 모르겠다는 생각이 들었지만 그것은 들키기 전까지는 확신할 수 없는 일이었다. 들키기를 자처했는데 실은 원하지 않았던 거라면 돌이킬 수 없는 곤경에 빠질 것이었다. 아무래도 들키지 않는 게 나을 것 같았는데 천하와 영서가 내 엉덩이 냄새를 맡으면서 자꾸 방해했다.

경비실에서 아이스크림을 먹으며 나는 박경란 언니를 기다렸다. 4시나 되어야 온다고 했다. 경비 아저씨가 의아해하지 않아서 다행이었다. 충청도에서 작은 선생님이 운전하는 봉고차를 타고 돌아왔을 때도 경비 아저씨는 놀라지 않았다. 다만 피곤하고 부스스해 보였는데 그렇다고 해서 나를 크게 책망하는 느낌도 아니었다. 어떤 선택도 어떤 영향도 자신과 무관하다는 태도였다. 그것이 내가 경비 아저씨를 높이 사는 측면이었다. 나도 다시 태어나면 놀라지 않는 사람 무심한 사람 마음이 없는 사람이 되고 싶었다. 다시 태어났는데 경비 아저씨였으면 싶었다.

"하나 더 주랴?"

나는 고개를 저었다. 경비 아저씨가 빗자루에 묻은 꽃잎을 떼서 잠시 살펴보더니 내게 냄새를 맡게 해주었다. 우리는 텔레비전을 보며 박경란 언니를 기다렸다. 여자들이 두 편으로 나뉘어 손으로 공을 주고받았다. 양측 모두 경기에 심드렁한 느낌이었다. 관중이 하품하는 모습이 카메라에 잡혔다. 그걸 보자 하품이 나왔다. 매사에 무심한 경비 아저씨도 하품을 했다. 어쩐지 안심이 되었고 먼 훗날에 아무런 이유도 없이 내가 이 순간을 떠올리게 되리라는 예감이 들었다.

4시가 조금 넘어서 박경란 언니가 실내화 주머니

를 휘두르며 걸어오는 게 보였다. 빙빙 돌리기도 하고 허공에 엑스 자를 그리기도 했다. 들고 다니기 너무 끔찍하다며 박경란 언니가 항상 좆같은 실내화 주머니라고 부르는 것이었다. 신발장에 둬도 되는 걸 굳이 들고 다니라고 시키면서 사람 쪽팔리게 만드는 곳이 학교라고 박경란 언니는 투덜대곤 했다. 책도 지고 다녀야 하고 실내화도 들고 다녀야 하고 둘 곳이 없는 것도 아니면서 왜 매일을 이사하는 기분으로 귀찮고 무겁게 살아야 하지. 박경란 언니가 실내화 주머니를 공중에 던지더니 헤딩해서 땅에 내다 꽂았다. 버리지는 못하겠는지 다시 주워 들다가 경비실 안에 있는 나를 발견했다. 마지막으로 본 게 불과 어제였는데 아주 오랜만에 만난 기분이었다. 다녀왔어요, 나는 입 모양으로 말했다.

우리는 공터를 거닐었다. 전반적으로 모랫바닥인데 드문드문 풀이 나 있기도 한 너른 땅으로 하루에 두 번 새천년건강체조를 하는 곳이었다. 볕이 따갑고 눈부셔서 나는 금강막기 자세로 빛을 가렸다. 박경란 언니는 왜 왔는지 어떻게 왔는지 묻지 않았다. 어제 보고 오늘 또 본 것처럼 굴었다. 실제로도 그랬다. 나는 박경란 언니의 실내화 주머니를 대신 들어 주었다. 머리에 인 채 차양처럼 그늘을 만들기도 하였다. 용도를 발견하자 박경란 언니가 실내화 주머니를 다시 달라고 해서 자기 얼굴에 그늘을 드리웠다. 피부의 적인 자외선을 차단하기 위함이었다. 오늘 박경란 언니는 다른 반 친구로부터 고백을 받았다고 했다. 항상 있는 일이었음에도 전혀 지겨워하는 기색이 없었다. 박경란 언니는 거울 달린 분합을 꺼내 자기 얼굴을 비춰 보았다. 거울을 볼 때면 항상 같은 방향 같은 각도로 고개를 틀곤 했는데 그것은 박경란 언니가 자기 턱을 마음에 들어 하지 않고 그나마 한쪽 얼굴이 다른 쪽 얼굴보다 낫다고 여기기 때문이었다. 박경란 언니는 자신의 턱이 네모나다고 생각하기를 좋아했다. 돈을 모아서 턱 깎는 수술을 할 거라고 했다. 1000만 원이 필요했다. 나는 거스름돈이 든 호두과자 봉투를 내밀었다. 너무 꾹 쥐고 있었는지 봉투 입구가 땀에 젖어 축축했고 호두과자의 얼굴이 일그러져 있었다. 박경란 언니가 자기 지갑과 내 간이 지갑을 맞바꾸었다. 이제 나는 나의 지갑을 가져도 괜찮은 입장이라고 했다. 인간의 존엄은 너의 것과 나의 것을 구분하는 데서 생긴다고 했다. 그게 자본주의였다. 나는 택시 아저씨에게 1000원을 받았던 일을 떠올리고는 지금이라도 오해를 바로잡으려 했다. 달라는 게 아니라 주는 거라고 1000만 원에 보태라고 그보다 이건 원래 박경란 언니의 것이었다고 아니 원래 주인에게 중학교 친구에게 돌려주라고 빌리거나 빼앗지 말라고 너의 것과 나의 것 즉 박경란 언니의 것과 중학교 친구의 것을 구분하라고 말했다.

"까불지 마. 사유재산제에 대해서 모르면." 박경란 언니가 분합을 캐스터네츠처럼 딱 닫았다. 손목에서 실내화 주머니가 달랑거렸다. "어른은 자기보다 어린 사람에게 절대 도움을 요청하지 않아. 알겠어? 어른은 자기보다 어린 사람에게 절. 대. 도움을 요청하지 않아."

나는 주눅 들었고 왠지 패배한 느낌이 들었다. 자두색 단화 끝으로 모랫바닥에 동그라미를 그렸다. 경기를 하는 것도 아닌데 항상 이기거나 지는 기분이었다. 항상 무언가에 임하고 있다는 느낌이었다. 심드렁하고 싶고 무심하고 싶고 무엇에도 임하고 싶지 않았다. 다시 태어나면 선수보다는 관중이 관중보다는 경비 아저씨가 되고 싶었다. 홍석주 오빠는 되고 싶지 않았다.

"홍석주 오빠 뭐?" 박경란 언니가 나를 노려보았다.

"응?"

"혼잣말 좀 하지 마. 미친년 같아." 박경란 언니가 분에 찬 사람처럼 발을 굴렀다. "그놈의 홍석주. 홍석주가 뭔데. 누군데. 너 혼잣말하지 마. 벽 구석에 붙어 서 있지도 마. 바닥에 동그라미 그리지 마. 그러지 좀 마."

"알겠어."

"알겠다고 하지 마."

박경란 언니가 실내화 주머니를 바닥에 패대기치고는 몸을 휙 돌려 걸어갔다. 나뭇가지를 줍더니 다시 돌아왔다. 토라진 줄 알았는데 웃고 있었다. 떠나려던 게 아니라 나뭇가지를 주우러 갔던 모양이었다. 박경란 언니는 느닷없이 화내고 느닷없이 화를 푸는 종류의 사람이었다. 나는 박경란 언니가 무서웠다. 박경란 언니로 살면 너무 힘들 것 같았다.

박경란 언니가 나뭇가지로 커다란 원을 그렸다. "들어가."

나는 들어갔다.

"나와."

가만히 있었다. 주변보다 짙은 색의 움푹 파인 선

을 바라보았다. 그림자가 일정한 각도를 이루었다. 작은 선생님은 이걸 동그라미 게임이라고 불렀다. 오래 버티고 서 있으면 이기는 게임이었다. 언제까지라고 정해 주지 않는 게 이 게임의 묘미였다. 나는 인내심이 강하다는 칭찬을 듣곤 하였다. 어떤 날 작은 선생님이 나오라고 했지만 나는 나가지 않았다. 작은 선생님은 네 마음대로 하라고 했고 나는 동그라미 안에서 선 채로 밤을 새웠다. 나오라고 하는 사람이 없을 때 스스로 나갔고 정문을 통과해 충청도까지 걸어갔다. 경비 아저씨는 정문 자물쇠를 풀어 주면서도 어디 가느냐고 묻지 않았다. 봉고차를 타고 돌아온 날 이후로 작은 선생님은 나를 괴롭히지 않았다.

"너네 오빠 아프다고 했지?" 박경란 언니가 잔인하게 웃었다. "나와."

나는 나가지 않았다. 나가면 내처 충청도까지 걸어가게 될 것 같았다. 영영 박경란 언니와 이별하게 될 것 같았다.

"여기 하루 서 있으면 홍석주가 하루 더 살 수 있어. 그럼 하루 서 있을래?"

당연했다. 나는 잘 참으며 인내심이 강한 편이었다. 작은 선생님이 징그러워 죽겠다고 너만 보면 소름이 끼친다고 말할 정도였다. 나는 홍석주 오빠가 아프지 않고 오래 살기를 바랐다. 아프더라도 아픈 채로라도 하루 더 살기를 바랐다. 아무리 똑똑하더라도 나보다 먼저 학교에 가기를 바랐다. 고백도 하고 절교도 하기를 바랐다. 그럴 수만 있다면 가만히 서 있는 것쯤은 아무것도 아니었다.

"그럼 이틀은? 사……" 박경란 언니는 사흘이라는 단어를 모르는 듯했다. "삼 일은?"

"할 수 있어."

"못 해. 너는 하루도 못 해. 엄마도 하루 늦게 왔다고 징징거렸으면서."

"그거랑 달라."

"며칠이나 할 수 있는데?"

"홍석주 오빠가 죽을 때까지."

"그런 게임 없어. 누가 그런 게임 시켜 준대? 그런 게임 없다는 거 아니까 너도 할 수 있다고 마음 놓고 믿는 거야. 진짜 있으면 십 분도 못 견딜 거야."

그렇다는 얘기가 아니라 그러라는 얘기처럼 들렸다. 나 아닌 다른 사람을 위해 십 분도 포기하지 말라는 얘기 같았다.

"나 지금 여기 십 분 정도 서 있었는데."

무언가 강한 힘이 허리를 밀쳤고 나는 선 바깥으로 나동그라졌다. 김민지 언니가 나보다 더 놀랐다는 듯 자기 입을 가렸다. "미안. 넘어질 줄 몰랐어. 윤영이가 아까 너 봤다고 해서 귀신이라고 했더니 막 울잖아. 경비 아저씨도 너 못 봤다던데. 네가 근데 여기 왜 있냐?"

박경란 언니가 똑바로 사과하라면서 김민지 언니의 이마에 딱밤을 때렸다. 김민지 언니는 대들었고 둘이 씨름하는 동안 모랫바닥의 선이 지워졌다. 박경란 언니가 일부러 문질러 없애는 것 같기도 했다. 김민지 언니가 내 존재를 작은 선생님에게 이른다고 협박했지만 이제 나는 작은 선생님이 하나도 겁나지 않았다. 천천히 일어나서 날아갔던 한쪽 신발을 발에 꿰었다.

"너 아직도 그거 신고 다녀? 엄마한테 하나 사 달라고 해."

"엄마 마트 갔어."

김민지 언니가 얼굴을 일그러뜨렸다. 신발을 사러 마트에 갔다고 착각한 것 같았다. 엄마가 마트에 갔다는 말은 시외버스터미널 창구 직원에게 그랬던 것처럼 의외의 효과를 불러일으켰다. 이제 누가 물어보더라도 엄마는 마트에 갔다고 하면 되겠구나 싶었다. 거짓말이 아니면서도 상대방이 믿고 싶은 대로 믿게 만들 수 있었다.

"저녁에 카레 나온대." 김민지 언니가 이마를 문지르며 말했다. "같이 먹을래?"

"아니." 박경란 언니가 나 대신 대답했다.

김민지 언니와 내가 동시에 박경란 언니를 보았다. 박경란 언니가 말했다. "저약 있어."

"저약이 뭔데?" 김민지 언니가 약 올라 하며 물었다. 박경란 언니는 김민지 언니를 손쉽게 화나게 할 수 있었다. 내가 박경란 언니를 느닷없이 화나게 할 수 있는 것처럼. 그것은 애정과도 관계한 일이었다.

"저녁 약속. 그것도 모르냐?"

낡은 흰색 승용차가 공터로 돌진해 들어왔다.

박경란 언니는 조수석에 앉자마자 햇빛 가리개를 내려 거울로 자기 얼굴을 확인했다. 거기 자기가 있는지 알아야겠다는 듯. 예의 그 각도로 얼굴을 튼 채 앞머리를 정돈하고 입술에 빨간색 화장품을 발랐다. 거울이 없다면 박경란 언니는 아마 죽을지도 몰랐다. 나는 뒷좌석에서 박경란 언니와 같은 거울을 바라보

앉는데 내 얼굴은 보이지 않았고 박경란 언니만 보였다. 상관없었다.

대학생 오빠는 무슨 점수인지 하는 것 때문에 언젠가 우리를 방문한 적이 있는 사람이었다. 몰랐는데 박경란 언니와 친밀한 사이가 된 것 같았다. 사적 연락 금지라는 규칙을 어긴 게 분명했다. 대학생 오빠는 내게 친한 척을 했는데 박경란 언니로부터 얘기를 많이 전해 들어서 이미 나와 친하다고 착각하는 것 같았다. 충청도 소녀라고 놀리는 것은 내 수치스러운 일화를 모른다면 불가능한 일이었다. 나는 배신감을 느꼈다.

박경란 언니가 택시에 탄 사람처럼 맥도날드로 가자고 말했다. 자기는 다이어트 때문에 먹을 수 없으니까 대신 먹어 달라고 했다.

"쿼파치 먹어 줘."

"쿼파치가 뭔데?" 대학생 오빠가 물었다. 김민지 언니처럼 약 오른 말투는 아니었고 진정 궁금해하는 듯했다.

"쿼터 파운더 치즈버거. 그것도 몰라? 너는," 박경란 언니가 햇빛 가리개의 거울을 이용해 말의 방향을 바꾸었다. 말이 내 쪽으로 반사되었다. "베토디 먹어."

베토디가 뭐냐고 묻기도 전에 박경란 언니가 베이컨 토마토 디럭스버거라고 알려 주었다. "토마토는 몸에 좋으니까."

"나도 몸에 좋고 싶은데." 대학생 오빠가 읊조렸다. 잘은 모르겠지만 외설적인 느낌이 들었다. 내게는 먹히지 않지만 박경란 언니에게는 먹히는 말인 듯했다. 박경란 언니가 과장되고 위태롭게 웃어 젖혔다. 나를 보호하기 위한 방해 공작 같은 웃음이었다. 나는 박경란 언니가 걱정스러웠다.

"천하랑 영서 알지?" 박경란 언니가 말을 돌렸다. "왜 천하랑 영서게?"

대학생 오빠는 맞히려는 노력 없이 바로 왜? 하고 물었다. 퀴즈쇼 참가자가 사회자에게 그래서 답이 뭐냐고 묻는 거나 마찬가지였다.

"천재는 하버드에 가고……." 뒤에서 내가 중얼거렸다.

"영재는," 힌트라고 여겼는지 대학생 오빠가 답을 가로챘다. "서울대에 간다? 미친. 개한테 왜 그딴 이름을 붙여."

대학생 오빠가 동물 애호가인지 그 반대인지 헷갈렸다. 박경란 언니가 길고양이 사료에 타이레놀 빻은 가루를 섞어 경찰서에 잡혀간 일을 알고 있는지도 궁금했다. 박경란 언니는 길에 돌아다니는 동물을 아주 싫어했다. 머리 아플까 봐 약을 주었다는 변명에 캣맘이라는 사람은 박경란 언니의 따귀를 때렸다. 지극히 보살피던 것들이 죽음에 이르렀으니 화가 날 법하기는 했지만 그렇게 귀했으면 왜 길에 뒀을까 하는 생각이 아예 들지 않는 것도 아니었다. 길에 둘 거면 밥을 주지 말든지 밥을 줄 거면 집으로 데려가야 옳은 것 같았다. 박경란 언니는 촉법소년이라 풀려났고 그 고양이 엄마라는 사람은 두고 보자며 씩씩거리며 떠났다. 박경란 언니는 한동안 그 짓을 계속했다. 영서와 천하에게는 타이레놀을 주지 않아서 다행이었다.

맥도날드에서 박경란 언니는 자꾸 대학생 오빠와 내 감자튀김을 뺏어 먹었다. 대학생 오빠가 그럴 거면 하나 시키라고 하자 배가 부르다고 했다. 내가 생각하기에도 감자튀김을 밀크셰이크에 찍어 먹는 것보다는 햄버거가 살이 덜 찔 것 같았다. 내가 베토디에서 몸에 좋은 토마토를 꺼내 주려고 하자 박경란 언니는 기겁하며 사양했다.

"토마토는 먹으면 건강해져서 안 돼. 너 병약미라

고 들어 봤어?"

 알고 보니 다이어트도 그 병약미인지 뭔지를 얻기 위함이었다. 아픈 게 어떻게 아름다움이 될 수 있는 건지 잘 이해되지 않았다. 홍석주 오빠가 들으면 슬퍼할지도 몰랐다. 대학생 오빠가 지금도 예쁘다고 박경란 언니를 달래 주었다. 건성으로 들렸다. 무심과 건성은 비슷해 보이지만 아주 달랐다. 소동대이했다.

 박경란 언니는 쉐이크쉑에 가 보는 게 소원이라고 했다. 이놈의 촌구석에는 쉐이크쉑이 없었다. 쉐이크쉑은 분당이라는 곳에 있었다. 시외버스터미널에 붙은 파란색 판에서 그 이름을 본 것 같기도 했다. 박경란 언니는 분당에 살면서 아침에는 수영을 하고 점심에는 카페에서 아줌마들과 수다를 떨고 심심하면 제과나 꽃꽂이나 가죽공예를 배우고 저녁에는 백화점 식품관에서 장을 봐 와서 음식이나 살림은 도우미에게 맡긴 채 자기는 퇴근한 남편의 재킷을 받아서 걸기만 하는 미래를 꿈꾸었다. 너무 구체적인 꿈이라 오히려 와닿지 않았다. 대학생 오빠의 능력을 가늠하거나 구애를 물리치기 위한 방편으로 보였다.

 "분당에서 우리가 너를 납치할 거야." 박경란 언니가 말했다. "너를 유괴할 거야. 내가 너를 키울 거야.

그게 나의 미래야. 이 오빠도 홍씨라서 내가 만나 주는 거야. 성이 다르면 사람들이 이상하게 볼 테니까."

대학생 오빠는 금시초문이라는 표정이었다.

"집에 갈래요." 나는 햄버거를 내려놨다. 갑자기 토할 것 같았다. "엄마랑 홍석주 오빠가 기다릴 거예요."

"집? 집이 어딘데? 집 어딘지 알아?" 박경란 언니가 느닷없이 시비를 걸었다. "또 걸어가게?"

"집에 데려다주세요, 대학생 오빠."

"엄마랑 오빠가 걱정됐으면 너는 오늘 여기 오지 말았어야 했어. 왜 가만히 있다가 이제야 걱정이 된다는 거야? 그렇게 도망가면 땡이지 너는? 거기가 싫으면 여기로 오고 여기가 싫으면 거기로 가면 된다는 거지?"

"집에 가고 싶어요. 집에 가게 해 주세요."

"하루도 못 참았어. 하루도 못 참은 거야 너는. 홍석주는 너 때문에 하루 더 못 살게 됐어. 네가 그렇게 만들었어."

"작작 좀 해." 대학생 오빠가 감자튀김을 한 움큼 집어 박경란 언니의 얼굴에 던졌다. "애 괴롭히지 마. 너 내가 우습냐?"

손님들이 이쪽을 쳐다봤다. 유니폼을 입은 직원이

빗자루와 쓰레받기를 들고 왔다. 다 드셨으면 나가 달라고 했다. 나는 반사적으로 얼굴을 닦았는데 소금이 묻어 있지 않았다. 감자튀김에 맞은 건 내가 아니라 박경란 언니였다. 대학생 오빠가 질린다는 듯 자리를 박차고 나갔다. 왜 박경란 언니나 내가 아니라 대학생 오빠가 화를 내는지 모를 일이었다. 아까 박경란 언니가 나뭇가지를 주우러 갔던 것처럼 그냥 담배를 피우러 나간 것인지도 몰랐다.

맥도날드 문을 나서자마자 박경란 언니는 다시 기분이 좋아져 있었다. 나를 끌어안기까지 했다. 너무 숨이 막혀서 놔 달라고 소리쳤는데 내 목소리가 박경란 언니의 배 안에서만 웅웅 울렸다. 담배 냄새가 났고 고양이 울음소리가 들렸다. 박경란 언니가 이다음에 커도 자기를 기억해 달라고 말했다. 나는 고개를 끄덕였다. 풀어 달라는 뜻으로 읽혔는지 박경란 언니가 팔에 주고 있던 힘을 뺐다.

대학생 오빠의 흰색 승용차에는 내 주소가 입력되어 있었다. 박경란 언니가 사무실에 잠입해 알아낸 것이었다. 둘은 다시 사이가 좋아 보였다. 박경란 언니는 새롱거리고 대학생 오빠는 건성이었는데 그게 잘 어울리는 듯도 하였다. 나는 뒷좌석에 누워 마음 놓고 잠을 잤다. 엔진의 진동이 신경을 느슨하게 해주었다. 일어나 보니 박경란 언니는 코를 골고 있었고 대학생 오빠는 운전을 하고 있었다. 캄캄할 때 출발했는데 어느 결에 환했다. 해가 구름을 벗어나고 있었다. 철새들이 하늘을 새 모양으로 날았다. 나는 기지개를 켰다.

"아까는," 대학생 오빠가 잠긴 목소리로 말했다. "아니 어제는 미안했다."

"박경란 언니와 사랑하는 사이인가요?"

대학생 오빠가 코웃음을 치더니 그런 거 아니라고 했다. 그럼 뭘까 싶었는데 아무럼 어떨까 싶기도 했다. 나와 박경란 언니의 사이와 크게 다르지 않을 것 같았다. 느닷없이 화내고 느닷없이 화해하는 사이.

우리는 국도에서 과일과 뻥튀기를 산 다음 주유소에 들렀다. 대학생 오빠는 차에 기름을 넣었고 나는 문이 잠겨 있지 않은 화장실에서 오줌을 쌌다. 그러는 동안에도 박경란 언니는 죽은 사람처럼 잠을 잤다. 나는 대학생 오빠가 박경란 언니와 나를 더 재우기 위해 길을 돌아왔음을 깨달았다. 창밖으로 논이 지나갔다. 저 커다란 마시멜로의 이름은 곤포 사일리지였다. 김민지 언니가 박경란 언니를 이기기 위해 어디서 알아 온 비장의 무기였다. 박경란 언니는 코를 파며 그래서 어쩌라고? 대꾸했고 김민지 언니는 울음을 터뜨렸다. 이다음에 커서 곤포 사일리지라는 말은 잊어도 내가 김민지 언니와 박경란 언니를 잊게 되는 일은 결코 없을 것 같았다.

"곤포 사일리지?" 대학생 오빠가 물었다. 내가 또 혼잣말을 한 모양이었다. 박경란 언니가 듣지 못해서 잠들어 있어서 다행이었다. "근데 너 왜 언니라고 안 하고 박경란 언니 박경란 언니 그러냐?"

"언니라고 부르면 열 명이 동시에 쳐다봐서요."

"아." 대학생 오빠가 아, 했다. "대박이네."

한참 달린 후 풍경의 분위기가 시골이 아닌 느낌으로 바뀌었다. 대학생 오빠의 차가 가파른 길을 올랐다. 옆으로 낮은 벽돌집이 지나갔고 저 위로 큰 교회가 보였다. 차가 우리 집 앞에 정확히 섰다. 그게 주소의 역할이었다.

"잘 가라."

"태워다 주셔서 감사해요. 안녕히 가세요." 나는 박경란 언니의 뒤통수를 보았다. 길게 늘어뜨린 머리카락 사이로 귀가 삐져나와 있었다. "언니 안녕."

"가." 대학생 오빠가 박경란 언니 대신 대답했다. "이제 보지 말자."

나는 조심스럽게 차 문을 닫았다. 흰색 차가 굴러 떨어지는 것처럼 언덕을 내려갔다. 그 모습을 시야에서 사라질 때까지 지켜봤다. 돌아서서 대문의 초인종을 눌렀다. 응답이 없어 몇 번 더 눌렀다. 잠시 후 집주인 할머니가 나왔다. 집주인 할머니가 내 엉덩이를 때렸다. 엉덩이가 개에게 물린 것처럼 따가웠다.

우리 집 문은 열려 있었다. 열쇠를 가지고 싶다는 생각을 하며 나는 현관에서 신발을 벗었다. 내 자두색 단화가 엄마와 홍석주 오빠의 신발들 사이에 놓였다. 전보다는 익숙한 느낌이었다. 집에 돌아온 느낌 같았다. 집에 돌아오기도 하였고 집에 돌아온 느낌이기도 하였다.

"다녀……."

집 안이 약간 어수선했다. 엄마와 홍석주 오빠는 어디 갔는지 보이지 않았다. 집주인 할머니가 뒤에서 무어라 얘기를 쏟아 냈는데 말이 너무 빨라 알아듣기 어려웠다.

"다녀왔다네."

그렇게 외치고 나는 냉장고로 걸어갔다. 냉장고 안

에 유부와 당근이 보였지만 아직은 아니었다. 아직은 배가 고프지 않았다. 그보다는 목이 마른 것 같았다. 나는 보리차를 꺼내서 입을 대고 마셨다. 정말 시원했다.

작가의 말

 왜 소설을 쓰게 되었느냐는 질문을 받을 때가 있어서 여기 몇 자 적는다.
 나는 플루트를 부는 사람이었는데, 어느 날 집에 불이 났다. 집 보증금을 구해야 해서 악기를 팔았다. 그러자 할 수 있는 게 아무것도 없었다……. 대학원생이던 당시의 남자 친구가 연구실에서 노트북을 빌려다 주었다. 그걸로 소설을 썼다.
 그전까지는 어떠한 종류의 글도 쓰지 않았다. 일기도, 편지도, 메모도, 낙서도. 책이 더러워지는 게 싫어서 필기도 안 했던 걸로 기억한다. 악보에 가끔 안경 모양을 그려 넣을 따름이었다. 지휘자를 보라는 뜻이었다.

아무튼 빌린 노트북이었기에 일주일마다 반납해야 했다. 반납하고, 다른 노트북을 빌렸다. 반납하고, 또 다른 노트북을 빌렸다. 쓴 소설들은 USB에 저장했다. 고흐의 「꽃 피는 아몬드 나무」가 그려진 아름다운 카드형 USB였다. 한번은 소설을 프린트하러 복삿집에 갔다가 깜빡하고 컴퓨터에 꽂아 둔 채 나왔다. 다시 가 보니 없었다. 분실된 USB 수천 개를 모아 둔 함에도 없었다. 복삿집 주인이 평범한 걸 사라고 충고해 주었다. 클라우드의 존재를 그때 알았더라면.

도둑맞은 USB에는 물론 처음 쓴 소설도 있었다. 「망울」이라는 제목의 소설로, 섬에서 태어나 한 번도 그곳을 벗어나 본 적이 없는 소녀가 아버지의 눈알을 굴 칼로 도려내고 섬을 탈출하는 내용이었다. USB를 잃어버려서 차라리 다행인 것 같다.

2020년 여름부터 2024년 가을까지 발표한 소설 중 여덟 편을 모았다. 책을 엮으면서 소설들을 다시 읽어 보았다. 이걸 어떻게 썼지, 하고 신기해하며 읽었다. 놀라운 건 읽을 때마다 매번 신기했다는 점이다.

표제작인 「우아한 유령」의 제목은 윌리엄 볼콤이 작곡한 동명의 곡에서 따온 것이다. 표제작을 고르느라 고민하고 있을 때 클래식 FM에서 이 음악을 틀어 주었다. 우연이라고 생각했는데, 그런 일이 좋이 세 번은 일어났다. 추측건대 마르크앙드레 아믈랭의 연주가 인기를 얻으면서 신청곡이 자주 들어온 듯하다. 「Graceful Ghost Rag」는 윌리엄 볼콤이 돌아가신 아버지를 기리며 작곡한 곡이라고 한다. 너무 슬프지도 너무 기쁘지도 않은 느낌이다.

김지현 편집자를 비롯한 민음사 편집부에 감사드린다. 해설과 추천사를 쓴 이희우 평론가, 백온유 소설가에게 감사한다. 아울러 격려를 보내 주신 권여선 선생님께 애정과 존경의 마음을 전한다.

서울문화재단의 후원에 감사한다. 곁에서 지지해 준 가족들과 친구들에게도 고맙다고 말하고 싶다. 그 옛날, 모르는 아이에게 노트북을 빌려준 고려대학교 미디어랩에 늦게나마 감사의 인사를 올린다.

불경기에 책을 사 주시고 시간 내어 읽어 주신 독자께 진심으로 감사드린다.

2025년 6월

장진영

작품 해설

네게만 이야기해 줄게, 이야기의 비밀을

이희우(문학평론가)

1 보호막으로서의 웃음

장진영의 소설들은 첫눈에 재미있다. 그의 문장들은 보자마자 웃기다. 문장들은 때로는 설명 없이 먼저 도착해 있고, 때로는 짐짓 딴청을 피우며 늦게 도착해 장난을 친다. 거기에는 특유의 능청스러움, 엉뚱함, 시니컬한 해학이 있고 비아냥이나 과장도 있다. 때로는 소설의 서술 자체가 골리듯 독자에게 말을 걸기도 한다.

어릴 때 보라의 숙모가 보라를 보도블록 가장자리에 서게 한 적이 있다. 왜 엄마가 아니라 숙모냐 하면……

왜 엄마여야 하는데? (「우아한 유령」)

 그치, 꼭 엄마일 이유는 없지……! 장진영의 화자들은 대차고, 누구의 눈치도 볼 필요 없다는 듯 거리낌 없이 말한다. 그래서 장진영의 소설을 읽을 때 우리는 중립적이고 객관적이며 믿음직한 서술자의 진술을 '읽기'보단 거침없는 입담과 독특한 어조를 지닌 화자의 이야기를 '듣게' 된다. 우리는 글자를 읽기보단 화자의 말을 듣는다는 느낌을 받는다. 그 이유는 무엇일까? 물론 장진영이 특유의 말맛을 잘 활용하는 작가라는 데 첫 번째 이유가 있지만, 그뿐만이 아니다. 장진영은 변함없고 중립적인 느낌을 주는 '문자' 대신 누가 어떤 상황에서 누구에게, 어떤 어조와 뉘앙스로 말하느냐에 따라 시시각각 달라지는 '말'의 특성을 활용한다. 말은 문자보다 훨씬 현장과 육체에 가깝고, 말해지는 그 순간, 그 장소에서만 나타났다 사라진다. 만약 아버지가 딸에게 돈이 묻힌 장소의 주소를 글자로 써 주었다면 헷갈릴 일이 없었을 것이다.(「우아한 유령」) 주소가 쓰인 쪽지를 도둑맞거나 잃어버리지 않는 한 잊어버릴 일도 없었을 것이다.(물론 유출될 가능성이 컸겠지만.) 종이에 쓰인 문자는 시각적이지만, 아버지의 속삭임은 청각적이다. 장진영의 소설 세계는 문자보단 말의 세계, 시각보단 청각의 세계라고 할 수 있을 텐데, 그렇다고 완벽하게 조율된, 조화로운 음악의 세계는 아니다. 그러한 음악에 못 미치거나 초과하는 공백과 불협화음의 세계다. "조성을 미지에 부치기 위해 슈베르트가 누락시킨 3도 화음의 3음 같은" 존재들.(「도청자」)

따라서 우리는 평온한 태도로 거리를 두고, 소설 밖에서 장진영의 소설을 읽을 수 없다. 오히려 우리는 어떤 세상의 문에 귀를 바싹 갖다 대고 소설 속 세계를 '훔쳐 듣는다'. 그래서 우리는 그의 소설을 읽을 때 무언가 공모하고 있다는, 가담하고 있다는 느낌을 받는다. 독자들이 도청자가 되는 셈이다. 이런 관점에서 보면 「도청자」의 '언니'는 — 분명히 편집증자처럼 보이기는 해도 — 단순한 망상에 시달리는 것이 아니다. 엿듣는 타자의 위치에 정말로 독자가 있기 때문이다. '언니'가 마지막에 '나'를 의심하는 것도 꼭 잘못 짚었다고 할 수는 없다. '나'는 독자가 소설 속 세계를 엿들을 수 있게 하는 음향의 전달자이자 연주자이기 때문이다. 픽션 속 인물이 자신이 픽션 속에 있음을 감지할 때, 픽션의 안팎을 나누는 경계는 허물어진

다. 픽션 바깥에 있는 독자는 도청자로서 픽션 속에 말려들어 간다. 독자는 이 의혹의 세계에, 한 명의 탐정이자 용의자로서 연루된다.

먼저 한 명의 탐정으로서 독자는 어떤 비밀을 찾게 되는가? 이 세계에서 사실 모든 것이 거리낌 없이 말해지는 것은 아니다. 거침없는 입담을 자랑하는 화자들은 정작 내밀하고 어두운 자기 감정은 좀처럼 털어놓지 않는다. 외롭다고, 괴롭다고, 무섭다고, 수치스럽다고 속마음을 직설적으로 말하지 않는다. 축축한 것을 한사코 싫어하는 듯이, 무거움을 견디지 못하는 듯이, 그들은 심각한 상황에서도 엉뚱한 농담을 한다. 독자는 장진영의 이야기꾼 화자들이 정작 자신의 마음에 대해서는 과묵하다고, 따라서 가장 중요한 것은 소설의 표면에 드러나지 않는다는 느낌을 받는다. 그래서 농담은 단순히 웃긴 농담이 아니게 된다. 비밀을 감싸고 있는 농담인 것이다.

맹랑한 어조와 대조적으로 인물들은 대체로 위태로운 상태에 있다. 경제적으로, 심리적으로, 사회적으로, 가정 안에서, 실존적으로, 성적으로. 「도청자」의 '언니'는 편집증적 망상을 겪는 듯하고, '나'는 임신 중단 수술 직후 전공하고 있는 악기를 저당 잡혔다.「용서」의 '엄마'와 '아빠'는 자식의 갑작스러운 죽음을 마주했다. 보호받지 못하는 아이들도 많이 나온다.「아란」에서는 가정 내 성폭력이 암시된다.「임하는 마음」의 화자는 보육원과 집 사이를 낙관도 희망도 없이 떠돈다. 그렇다고 꼭 절망적이라 할 수도 없는데, 이 소설들에서 상처 입은 사람들은 절규하지 않기 때문이다. 이 인물들의 상처는 피처럼 선명하기보다는 멍처럼 은근하다. 처절하기보다는 지난하다. 만약 인물들이 소리 내어 울고 상처를 토로했으면 어땠을까. 독자는 인물과 함께 울면서 마음을 해소할 수 있었을 것이다. 그렇게 슬픈 이야기는 결국 화해와 치유로 흘러갔을 것이다. 반면 장진영의 소설에서 쾌활한 표면과 그 뒤의 어두움, 그 사이의 역설은 쉽게 해소되지 않는다.

 화자가 자신의 깊은 속내를 직접적으로 말하지 않을 때, 소설 읽기는 역설적으로 깊이를 만들어 내는 적극적 활동이 된다. 말해지지 않는 마음을 독자가 짐작하고 유추해야 하기 때문이다. 화자의 마음, 이것이 탐정 독자로서 우리가 알아내야 하는 첫 번째 비밀이다. 우리가 짐작할 수 있는 것은, 인물들이 끔찍한 농담 같은 세계에서 종종 자신을 혹은 타인을 보호하기 위해 안간힘을 쓰고 있다는 것이다. 웃음은 필사적인 방어일 수도 있다. 반복되는 우스갯소리에 "바보같이 실실" 웃는 것은 누군가의 "생존법"(「우아한 유령」)이다.

"나도 몸에 좋고 싶은데." 대학생 오빠가 읊조렸다. 잘은 모르겠지만 외설적인 느낌이 들었다. 내게는 먹히지 않지만 박경란 언니에게는 먹히는 말인 듯했다. 박경란 언니가 과장되고 위태롭게 웃어 젖혔다. 나를 보호하기 위한 방해 공작 같은 웃음이었다. 나는 박경란 언니가 걱정스러웠다. (「임하는 마음」)

애정이 농담의 형식으로 표현될 수 있는 것처럼, 폭력도 농담의 외피를 입을 수 있다. 그런데 농담의 꼴을 하고 있어서 정말 폭력적인 의도로 한 말인지, 아니면 듣는 사람이 그렇게 느끼는 것일 뿐인지 모호해진다. 이 모호함 때문에 폭력은 더욱 두려운 것이 된다. 장진영의 인물들은 도처에서 폭력의 위험에 — 위험이 실체가 있든 없든 간에 — 노출되어 있다. 인용한 대목에서도 마찬가지다. 그러나 여기서 어린 화자는 무섭다고, 고통스럽다고 말하지 않는다.

단지 박경란 언니에 대한 걱정을 드러낼 뿐이다. 마찬가지로 박경란 언니 역시 과장된 웃음으로 화자를 보호하려 한다. 어떻게 이 아이들의 조숙함이 감추고 있는 외로움을 보지 못하겠는가? 어떻게 웃음의 이면에 있는 세상에 대한 불신을, 불안정한 애착을, 두려움, 슬픔, 죄책감, 혼란을 짐작하지 못하겠는가?

그러나 동시에 이 점을 잊지 말아야 한다. 어쨌거나 짐작은 짐작일 뿐이다. 그것은 진실에 가까울 수도 있지만 진실이라는 보장은 없다. 화자가 자신의 마음을 말해 주지 않는 한, 언제나 얼마간의 불확실성은 남아 있는 것이다.

2 트라우마와 기억상실

장진영은 말의 불투명함, 모호함, 불순함을 적극적으로 활용한다. 이는 독자가 화자의 말을 액면 그대로 믿을 수 없게 한다는 뜻이다. 이때 소설이 의도적으로 활용하는 모호함은 소설의 질적 애매함과는 구분되어야 한다. 모호함은 추리극의 연출자가 무대에 깔아 놓은 안개처럼 몇몇 소설적 장치에 의해 조장된다. 이 모호함은 말 뒤에 숨겨진 비밀을, 의미심장한 행간을 읽어 내도록 유혹한다.

　웃음과 농담으로 마음을 감추는 화자의 어조 말고도, 모호함을 자아내는 장치들이 있다. 이를테면 기억의 흐릿함. 이 소설집의 인물들은 대체로 과거를 잘 기억하지 못한다. 기억은 혼탁한 수면 아래 잠겨 있다. 어떤 사건의 봉우리들만 수면 위로 띄엄띄엄 튀어나와 있고, 수면 아래는 흐리게 보이거나 아예 보이지 않는다. 가려진 기억, 이것이 장진영의 소설들에 숨겨진 두 번째 비밀이다.

　이 인물들은 왜 과거를 자꾸만 잊어버리는 것일까? 처음에는 기억상실 역시 농담처럼 나타난다.

"기억 안 나요? 저 군대 갈 때 누나 울었잖아요."
기억이 안 났다. 수면 부족 때문인지도 몰랐다. 이세영은 서운해했고, 내 창피한 역사 몇 가지를 들먹이며 우리가 아는 사이임을 증명하려 했다. 주로 떨어진 음식에 관한 것이었다. (「입술을 다물고 부르는 노래」)

　처음에는 화자가 건망증이 심한 사람이겠거니 싶기도 하다. 단지 한 인물만 이런 특징을 가졌다면 기억력이 나쁜 캐릭터라고 생각할 수도 있다. 그러나 여러 소설의 인물들이 일관되게 기억상실을 앓는다면, 이 특징이 무언가 더 깊고 비밀스러운 문제의 반영이라고 생각하게 된다. 「허수 입력」에서 '나'는 자신의 과거를 사촌 동생에게 전해 듣는다.

> 고작 네 살 차이였지만 사촌 언니가 되게 어른으로 느껴지던 시절. 그때 학원 선생이 나를 추행했다고 했다. 금시초문이었다. 내 잘못으로 학원을 그만둔 줄 알았는데. 아주 사소한…… 문제가 있었다는 게 어렴풋이 기억났다. (「허수 입력」)

여기서 화자는 특유의 시니컬한 어조로 가볍게, 별일 아니라는 듯 잊어버린 과거를 상기한다. 하지만 청소년 시절 선생에게 당한 추행이 "사소한…… 문제"일 수는 없지 않은가? 이때 화자의 어조는 명백하게 반어적이다. 이런 식으로 소설의 인물들은 과거와 절단되어 있고 어느 순간 과거의 구멍을 다시 마주한다. "나는 치아가 흔들리는지, 왜 흔들리게 되었는지를 생각하다가 오래전으로 돌아갔다. 억울했던 그날의 일을 기억해 냈다. 그리고 내가 그 일을 완전히 잊고 있었다는 사실을 깨달았다."(「아란」) 「아란」에서는 가정 내 성폭력이 암시될 뿐 결코 직접적으로 말해지지 않는다. 무언가 심각한 일이 일어났음을 암시하는 문장들이 있을 뿐이다. "아버지는 그날 아침을 기억하지 못했다." 물론 가해자는 가해 사실을 기억하지 못하고 쉽게 잊어버릴 수 있다. 하지만 이상한 점은 이 소설에서 화자 역시 무언가 중요한 것을 자꾸 기억하지 못한다는 사실이다. 이렇게 반복되는 것을 보면 기억상실은 단지 어떤 인물의 무심함이나 나쁜 기억력의 문제가 아닐 것이다.

그렇다면 장진영의 소설에서 기억상실은 어떤 증상일까? 우리가 추리할 수 있는 것은 기억상실이 트라우마 즉 심리적 외상의 흔한 증상이라는 것이다. 트라우마적인 사건을 경험한 사람은 그 시기를 잘 기억하지 못하고, 기억하더라도 힘겹게, 듬성듬성 기억한다. 왜 트라우마적 경험은 잘 기억되지 못하는가? 어떤 정신의학자들에 따르면 기억의 핵심은 이야기하는 활동에 있다.* 우리는 어떤 사건을 이야기의 형식으로 만듦으로써 기억한다. 이야기 속에 자리 잡을 때 사건은 비로소 기억이 된다.

---

* 주디스 루이스 허먼, 최현정 옮김, 『트라우마』(사람의집, 2022), 78~79쪽 참조.

그런데 트라우마는 이야기할 수 없는 것이라는 특성을 갖는다. 그것은 언어화할 수 없으므로 의미화할 수 없다. 따라서 의식의 장부에 등록되지 않는다. 그것은 기억될 수 없는 기억이지만, 사실은 잊힐 수도 없는 기억이다. 따라서 트라우마는 일반적인 기억과는 다른 방식으로 기억된다. "외상 기억은 언어적인 이야기체와 맥락이 결여되어 있고, 생생한 감각과 심상의 형태로만 각인되어 있다."* 그것은 이야기될 수 없기에 (의미가) 모호하고, 각인되어 있기에 (감각적으로) 생생하다. 트라우마적 사건을 겪은 사람은 기억할 수 없기에 사건의 주위를 맴돌게 되고, 유사한 상황과 관계를 위험하게 되풀이한다. 동시에 반복하지 않기 위해서 자신의 욕구와 감정을 억제한다. 반복과 기억상실 사이를, 무감각과 생생한 감각 사이를, 충동과 억제 사이를 오간다.

물론 소설에 이러한 의학적 설명을 그대로 적용해서는 안 될 것이다. 소설이 트라우마의 증상인 것이 아니라 장진영이 외상 기억의 특징을 독특한 소설 작법으로 만들어 내고 있는 것이기 때문이다.

이 역설적인 작법은 이런 문제를 제기한다. 어떤

---

* 앞의 책, 79~80쪽.

사건을 이야기하지 못하는 인물의 이야기를 쓴다는 것은 무엇을 의미하는가? 과거의 어느 시기에 구멍이 난 인물, 과거의 일부를 상실한 인물의 이야기를 쓴다는 것은. 그들은 과거에 구멍이 났기 때문에 균열되어 있고 비밀을 품고 있다. 이야기는 비밀을 중심으로 조직되면서도, 그 비밀에 곧장 다가갈 수 없기에 다양한 우회와 암시의 기술을 개발한다. 거대한 중력을 가진 구멍 주위에 "생생한 감각과 심상"이 빛무리를 이루며 공전하고 있다. 장진영의 리듬, 의미심장한 행간, 분절적인 문장의 배치는 이러한 작법과 관련이 있다.

3 불확실한 죄책감

장진영의 소설에서 이름은 별명으로 대체되고, 낱말은 유사한 발음으로, 유사한 이미지로 치환된다. 낱말들은 끊임없이 자리를 바꾸고 미끄러진다. 「도청자」에서는 한 사람이 계속해서 다른 이름으로 불리는데, '록스타', '제로 콜라 마니아', '비올리스트', '절대음감', '승완' 등이다. 그때그때 눈에 띄는 특징을 꼽아 일회용 별명으로 사용하는 것이다. 마찬가지로

「입술을 다물고 부르는 노래」에서 '나'는 클럽에서 말을 건 남자를 '치즈맨'이라고 부르는데, 그가 가방에서 치즈를 꺼내 주었기 때문이다. 그리고 그가 이름을 묻자 일행의 이름인 '성미조'라고 답한다.

이름들의 이 끊임없는 자리바꿈은 장진영 소설 세계의 규칙인 것도 같다. 다시 말해 장진영의 소설에서 언어와 존재, 말과 사물은 안정적으로 접착되어 있지 않다. 사람이나 사물이 언어에 안착하지 못하고 배회하다가 아무렇게나 달라붙곤 하는 것이다. 사람이나 사물은 때로는 이런 말과 이미지에, 때로는 저런 말과 이미지에 연결되어 의미가 변한다. 「우아한 유령」에서는 이 특성이 기억의 흐릿함과 더불어 재미나게 활용된다. 보라는 아버지가 말해 준 주소가 대부도라고 기억한다. 그런데 어쩌면 대부도가 아니라 제부도일 수도 있고 제주도일 수도 있다. 자음을 하나씩만 바꿔도 전혀 다른 섬이 된다. 경찰인 재호는 보라와 함께 보물을 찾아 헤맨다. 하지만 이 탐정 활동은 당연하게도 보물에 도달하지 못한다. 비밀의 실재(현금)가 언어(주소)에서 계속 미끄러지기 때문이다. 비밀은 결코 완전히 밝혀질 수 없다는 것, 이것이 독자가 마주하게 되는 마지막 비밀이다.

「아란」은 말과 이미지의 미끄러짐을 욕망 혹은 죄의식의 문제와 탁월하게 결합한 소설이다. 소설에서 어떤 심상은 은유와 연상을 통해 계속 모습을 바꾼다. 벌레의 날개는 바스락거리는 약봉지와 연결되고, 약봉지는 사탕 껍질과 연결된다. 이 이미지들은 단순한 감각적 연상이 아니다. 아란과 '나'가 함께 보낸 청소년기의 시간과 깊이 관련이 있다. 이미지들의 시적 연상은 과거를 휘저어 잊었던 기억을 끄집어내고, 가해와 피해의 경계를 불손하게 흐린다. 먼저 화자는 다음과 같은 기억을 떠올린다. 아란과 아란의 남자 친구, 그리고 그 남자 친구의 형과 함께 놀 때 있었던 일이다.

"아, 해." 아란이 짓궂은 표정으로 말했다. (……) 나는 이들이 누군지 몰랐다. 나는 수적으로 열세했다. 그래서 눈을 감고 입을 벌렸다. "아." 키득거리는 숨죽인 소리가 들렸고 잠시 후 뭔가가 입안에서 파스락거렸다. 나는 소스라치게 놀라 뱉었다. 사탕 껍질이었다. (「아란」)

여기서 우리는 짓궂은 놀림 혹은 괴롭힘이 있었을 거라고 짐작할 수 있다. 어쩌면 아란이 이미 벼랑 끝에 내몰려 있는 어린 화자를 더 괴롭게 했으리라고. 그런데 나중에 아란은 정반대의 기억을 주장한다.

"기억 안 나? 기억이 안 나?"
"무슨 기억. 너 괜찮아?"
잠자리, 하고 아란이 짧고 날카로운 웃음을 터뜨렸다. 그 애는 스스로를 진정시킬 수 없었다. 나는 기다렸다. 그렇게 한참을 웃다가, 가까스로 진정한 후에, 아란이 말했다. "먹였잖아."
"먹여? 내가 잠자리한테 뭘 먹였어?"
"나한테. 잠자리를." (「아란」)

이렇게 불확실한 연상 속에서, 갑자기 가해와 피해의 위치가 뒤바뀐다. 아란이 내게 사탕 껍질을 먹인 게 아니라 내가 아란에게 잠자리를 먹였는지도 모른다. 소설은 충돌하는 두 기억 중 무엇이 진실이라고 확정 짓고 있지는 않다. 여기서도 우리는 진실을 알 수 없고, 이렇게 저렇게 짐작해 볼 수 있을 뿐이다. '그랬을 수도 있다.' '그랬는지도 모른다.' 이 모호함 속에 죄책감이 배음처럼 깔린다. 만약 내가 잘못한 것이 아니라면, 나는 죄책감을 가질 필요가 없다. 만약 내가 잘못한 것이 확실하다면, 나는 잘못을 인정하고 용서를 구할 수 있다. 그러나 잘못을 한 것인지 아닌지 모호하기에, 어느 쪽도 선택하지 못한 채 은근한 죄책감을 계속 가질 수밖에 없다. 아란과 나 사이에는 에로틱한 애정이 있는 동시에 모종의 죄의식과 공격성도 있다.

「입술을 다물고 부르는 노래」에서도 '나'는 은근한 죄책감에 시달린다. '나'는 이세영이 미조를 이용하고 제멋대로 다룰지 모른다고 짐작하면서도 적극적으로 행동하지는 않았다. 미조의 마음이 모호하기 때문이다. 소설의 끝에 가서야 자신이 미조를 오해했을지도 모른다는 생각이 스친다. "그날 미조가 마지막으로 했던 말이 '싫어요.'가 아니라 '싫어해요.'였을지도 모른다는 생각이 들었다." 미조는 (이세영에게 싫다고 말하기) '싫어요.'라고 말했을까, 아니면 (이세영이) '싫어해요.'라고 말했을까? 어쩌면 화자는 미조의 모호한 마음을 자신에게 편리한 방식으로 해석했는지도 모른다. 미조의 마음을 알아보기 위해 더 적극적으로 행동했어야 했던 건 아닐까? 누구도 화자를 명백한 죄인이라 단정할 수 없는 상황이지만, 어쨌든 화자 스스로는 죄책감을 느낀다.

화자의 냉소적인 태도는 이 죄책감에 대한 방어 작용일 것이다. 소설의 마지막에 화자는 총장의 사퇴를 요구하는 학생들의 시위를 보는데, 그들의 의지를 비꼬면서 그 의미를 가볍게 만들어 버린다. "정의감 때문이 아니라 그냥 놀고 싶어서 그러는 것처럼 보였다." 하지만 동시에 죄책감과 수치심이 뒤따른다. "영원히 그들이 되지 못하리라는 예감이 들었다." 화자의 위악적 태도는 불확실함에 더 적극적으로 맞서지 못했다는 죄책감에서 기인하는 게 아닐까. 실제로 잘못이 있어서 죄책감을 느끼는 것은 아니다. 많은 경우 장진영의 주인공들은 위태로운 상황에 내몰려 있고 약자의 위치에 있다. 그런데도 자신이 그 상황을 바꾸지 못했다는 사실에 죄의식을 갖는다. 그리고 이 죄책감은 화자 자신의 상처를 마주 보기 더 어렵게 할 것이다. 다시 말해 치유를 어렵게 할 것이다.

4 다른 세계, 혹은 세계의 타자

장진영의 독자로서 우리는 의혹과 불확실성의 세계에 초대되지만, 계속해서 미끄러지는 언어와 여러 갈래로 분기하는 가능성 속에서 비밀을 밝히지 못한 채 배회하게 된다. 그런데 실로 우리의 삶이 그렇지 않은가. 끝내 밝혀지지 않는 수수께끼와 확실히 결론 내릴 수 없는 딜레마로 가득한 것이다. 한 사람의 이야기는 자기 내부에서 완결될 수 없다. 말하자면 모든 인간의 이야기는 필연적으로 '열린 결말'일 수밖에 없다. 이야기는 타자를 향해 열려 있고, 타자가 없으면 어떤 비밀에, 자기 이야기의 핵심에 닿지 못한다. 타자가 내 이야기를 어떻게 듣느냐 하는 문제는 이야기를 구성하는 핵심 요소다. 그래서인지 장진영의 소설은 여러 해석과 추리에 열려 있다. 이 해설도 지금까지 소설들에 나타난 여러 모호함과 결정 불가능함을 이야기했다. 하지만 장진영의 모든 소설이 항상 독자를 열린 결말에 남겨 두는 것은 아니다. 사뭇 다른 느낌의 소설들이 있는데, 「첼로와 칠면조」와 「용서」가 그렇다.

대체로 소설의 화자가 청소년이나 젊은 세대의 여성인 것과 달리 「첼로와 칠면조」는 중학생 아이가 있는 — 실질적인 가장 역할을 하는 — 중년 여성이 화자이다. 그는 딸과 의뭉스러운 관계를 맺고 비열하게 행동하는 학원 선생에게 분개한다. "내가 그렇게까지 화났던 이유는, 이제 와 생각해 보건대, 담배 때문이 아니었다. 그가 상식적이지 않아서였다." 그래서 화자는 단호하면서도 상식적인 대처를 한다. 딸이 학원에 나가지 않게 하는 것이다. 이 상식적인 대처는 「아란」이나 「임하는 마음」의 어린 주인공들이 보호자에게 받지 못했던 보호이다. 따라서 우리는 「첼로와 칠면조」에서 그 소설들과는 다른 세계를, 그 소설들에서는 실현될 수 없었던 가능성을 본다. 이곳은 엄마가 딸을 위해 불확실함에 개입하고 결정을 내리는 세계이다.

「용서」에서는 더욱 이질적인 화자가 나온다. 화자는 죽은 아이의 유령이다. 「용서」는 유서 깊은 도덕적 딜레마를 소환한다. 피해자가 살해당해 사라진 경우, 누가 가해자를 용서할 수 있는가? 용서할 정당한 자격을 가진 당사자는 이미 죽고 없는데 말이다.* 신이라고 해도 가해자를 용서할 자격이 있는가? 학대나 죽임을 당한 것이 신 자신이 아닌데. 설령 죽은 이의 부모라 해도 용서할 자격이 있을까?

「용서」는 유령 화자를 소환하여 이 결정 불가능한 딜레마를 해결한다. 죽어서 말할 수 없게 된 화자를

---

* 이것은 도스토옙스키의 『카라마조프가의 형제들』처럼 소설이 일찍이 제기한 도덕적 딜레마다.

소설에 등장시켜 말하게 하는 것이다. 화자가 자신을 차로 친 박태섭을 용서하는 것은 아니다. 다만 화자는 용서하는 엄마를 용서한다. "왜냐하면 엄마랑 아빠도 살아야 하기 때문이었다." 이렇게 소설에서는, 유령의 시점과 말을 빌려 현실에서는 불가능한 용서를 완수할 수 있다. 인간 세계 저편에 있는 존재를 이야기 속으로 불러들여 이야기를 완결짓게 되는 것이다.

장진영은 독특한 성격과 어조의 화자들을 십분 활용하여 때로는 삶의 모호함을 극대화하고, 때로는 그 모호함을 해소한다. 그런데 이 상반된 방식들은 모두, 이야기할 수 없는 것이 이야기되기 위해서는 타자가 필요함을 말해 준다. 타자가 없다면 기억할 수 없는 고통은 그저 고독한 비밀로 남아 있을 것이다. 유령이 없다면 용서의 이야기는 완수되지 않을 것이다. 모든 이야기는, 그것이 의혹의 이야기든 용서의 이야기든 간에, 완수되기 위해서 타자를 요청한다. 「도청자」에서 인간적 세계 너머의 타자는 배후의 도청자였다. 반면 「용서」에서 인간적 세계 너머의 타자는 죽은 아이의 유령이다. 타자의 등장으로 끝나는 이 두 소설은 의미심장하게 대비되면서 타자에 대한 상반된 태도를 보여 준다. 하나는 의혹의 태도이고, 하나는 용서의 태도이다. 의혹의 태도란 표면적인 말이나 현상 이면에 있는 의도, 무의식, 구조, 진실, 세력을 끝까지 파헤쳐 밝혀내려는 태도다. 용서의 태도란 타자가 야기한 돌이킬 수 없는 사건과 변화를 수용하는 태도다. 두 가지 태도를 소설을 읽는 방식에 대입해 보자. 첫 번째는 소설이 감추고 있는 비밀을 추적하는 탐정의 방식이다. 두 번째는 산 사람의 살아감을 용서하는 유령처럼, 소설이 내게 야기한 변화를, 심지어 불편함마저도, 받아들이는 방식이다. 이 둘 중 어느 하나가 꼭 더 좋다고 할 수는 없다. 우리는 표면 뒤에 숨겨진 것을 의심하거나 헤아릴 줄 알아야 한다. 하지만 때로는 타자의 말이 내게 불러오는 변화를 있는 그대로 수용할 수도 있어야 한다. 「도청자」가 배후를 의심하고 비밀을 탐색하는 읽기로 독자를 초대한다면, 「용서」는 용서가 불러오는 변화의 바람으로 독자를 실어 나른다.

  이해나 치유를 결코 쉽게 말할 수는 없다. 하지만 또한 이해와 치유를 포기할 수도 없다. 우리는 의식하든 의식하지 않든 타자에게 끊임없이 신호를 보낸다. 타자가 그것을 어떻게 수신하냐에 따라 우리는 더 깊은 미궁에 빠질 수도 있고 치유될 수도 있다. 장진영의 소설들은 직설적인 말, 직접적인 이야기로는 말할 수 없는 것들을 이야기한다. 너무 고통스러워서 잊혀야만 했던 과거, 사라지거나 죽은 이의 마음, 이야기 저편에서 이야기를 기다리는 타자의 존재 같은 것들. 이 이야기들은 비밀을 품고 있다. 그리고 이 비밀들은 독자에게 해독해야 할 신호를 보낸다. 그래서 장진영의 소설들은 복잡하고, 모호하고, 매혹적이다. 이야기할 수 없는 것을 이야기하는 활동으로서, 장진영의 소설은 허구를 통해 오히려 진실을 암시하는 방식을 개발한다. 너무 무겁지 않게, 즐겁게, 그러나 가볍지도 않게. 혹은, 가벼운 것이 무거운 것이 되고 무거운 것이 가벼운 것이 되는 소설의 이상한 역설 속에서.

추천의 글

『우아한 유령』을 읽는 동안 나는 소설의 기묘함에 여러 번 놀랐다. 장진영의 소설은 시니컬한 농담과 시시껄렁한 유머로 독자를 포섭해 방심하게 했다가 예상치 못한 순간에 이 세계의 부조리를 들춰내 당혹스럽게 했다.

장진영의 인물들은 자주 무지와 태만을 과시하며 위악을 부린다. 그러나 그 안에 숨겨진 칼 같은 이성은 더없이 적확한 언어로 뒤틀린 세계와 마음을 진단한다. 이들은 불안으로부터 자신을 보호하기 위해 회피나 오판이라는 방식을 택하지만, 이들이 외면한 진실은 꿈에서, 미래에서, 삶의 한 모퉁이에서 언제까지고 이들을 기다리고 있다. 우리의 삶이 그러하듯.

장진영의 소설 속 아이들은 어른의 불순한 의도를 알면서도 그 애정을 갈구하고, 어른들은 인간의 마땅한 분노를 품고 살아가면서도 그 극한의 감정을 내려놓고 망각하기를 원한다. 장진영이 겨누어 보여 주는 삶의 진실은 때로 오금이 저릴 만큼 서늘하고 통렬하다. 긴장과 이완을 두세 번쯤 반복하고 작가에게 휘둘렸다는 사실을 명확히 깨달았을 때, 나는 저항하기를 포기하고 이 매혹적인 이야기에 마음을 온전히 내맡겼다. 신비롭고도 놀라운 경험이었다.

백온유(소설가)

수록 작품 발표 지면

「입술을 다물고 부르는 노래」, 《릿터》 2020년 12월/2021년 1월호

「도청자」, 《문학동네》 2024년 가을호

「우아한 유령」, 《자음과모음》 2020년 여름호

「아란」, 《현대문학》 2023년 2월호

「용서」, 《문장웹진》 2024년 6월호

「허수 입력」, 《AnA》 2022년

「첼로와 칠면조」, 《Axt》 2021년 9/10월호

「임하는 마음」, 《문장웹진_콤마》 2022년 9월 9일

우아한 유령

1판 1쇄 펴냄 2025년 6월 13일
1판 2쇄 펴냄 2025년 8월 25일

지은이　장진영
발행인　박근섭, 박상준
펴낸곳　(주)민음사

출판등록 1966. 5. 19. (제16-490호)
서울특별시 강남구 도산대로1길 62(신사동) 강남출판문화센터 5층
대표전화 02-515-2000 팩시밀리 02-515-2007
www.minumsa.com
ⓒ 장진영, 2025. Printed in Seoul, Korea
ISBN 978-89-374-2270-6

* 잘못 만들어진 책은 구입처에서 교환해 드립니다.
* 이 책은 서울특별시, 서울문화재단 '2025년 창작집 발간지원 사업'의 지원을 받아 발간되었습니다.